STEIDL

taschenbuch 196

Eduard von Keyserling, geboren 1855 auf Schloß Paddern in Kurland, gestorben 1918 in München, entstammt einer baltischen Adelsfamilie. Im Steidl Verlag erschienen seine Romane *Wellen, Abendliche Häuser, Die dritte Stiege, Fräulein Rosa Herz* und *Fürstinnen.*

Eduard von Keyserling
Sommergeschichten

Herausgegeben von Klaus Gräbner

Steidl

Der Herausgeber dankt der Universitätsbibliothek Erlangen und der Staatsbibliothek Bamberg für die freundliche Unterstützung, am meisten aber seiner lieben Frau für nie versagenden Rat und tatkräftige Hilfe.

05 06 07 08 09 9 8 7 6 5 4 3 2 1

Umschlaggestaltung: Claas Möller
unter Verwendung eines Gemäldes von Alfred Sisley
Satz, Druck, Bindung:
Steidl, Düstere Straße 4, D-37073 Göttingen
www.steidl.de
Printed in Germany
ISBN 3-86521-112-7

INHALT

OSTERWETTER

Am Nachmittage dieses Ostersonntags war das Haus ganz still geworden. Alles drängte hinaus in den Frühling, der so überraschend, fast gewaltsam, während der Festtage über das Land gekommen war. Nur Frau Malwida von Albesch selbst ging ein wenig ruhelos in ihren einsamen Zimmern auf und ab. Sie hörte zu, wie die resedenfarbene Seide ihrer Schleppe auf dem Parkett leise rauschte; wie die Goldsächelchen, die sie an sich trug, sachte klingelten. In der Elastizität ihres Ganges lag etwas, das ihr selbst wohltat. Sie fühlte sich fast schlank. Und dann empfand sie es heute wieder wie einst in jüngeren Jahren als etwas Körperliches, das ausstrahlt und wärmt, daß sie schön und stattlich war. All dieses war nun festlich genug, allein sie wußte nicht recht, was sie mit dem Festgefühle beginnen sollte. Sie trat an das Fenster des Wohnzimmers und öffnete es weit. Sie mußte doch ein Auge auf die beiden Brautpaare haben, die sich dort unten im Garten ergingen: Aglaja und ihr Lieutenant spazierten die Kastanienallee auf und ab, sie weiß und schmal, der blonde Kopf ganz golden im Nachmittagslicht. Er hatte seinen Arm um ihre Taille gelegt. »Auch ein Geschmacksfehler der heutigen Brautpaare, sich öffentlich in solch zärtlichen Stellungen zu zeigen«, dachte Malwida. Edith und ihr Assessor hatten sich in die Fliederlaube zurückgezogen. Wie unpassend. »Edith!« wollte sie rufen, aber sie fühlte sich plötzlich zu träge dazu. Diese warme, fast schwüle Luft um diese Jahreszeit hatte etwas, das immer aufs neue überraschte, fast erschütterte. Ein sommerblauer Himmel, ein Licht stark und golden wie im Juni und dazu die fiebernde Erregung des Vorfrühlings. Die Bäume wiegten leise ihre Zweige, an denen dicke Knospen saßen, als durchrieselte ein wohliger Schauer ihre braune Nacktheit. Mitten unter ihnen stand ein Kirschbaum, über und über in Blüte, ein weißes Wunder. In dem Beete vor dem Fenster saßen die Krokus mit ihren harten Fayencefarben in der fetten schwarzen Erde, und kleine feuerfarbene Tulpen standen da sehr grell in all dem Grüngrau ringsum; Malwida öffnete ein wenig die Lippen und trank den bitteren Duft der Knospen und den feuchten Atem der Erde. All das ergriff sie so stark, daß es fast wehe tat. Auf der Spitze des Birnbaumes saß ein Amselvater und schmetterte, und dieses Schnalzen und Pfeifen der aufgeregten kleinen Vogelgestalt klang wie der wahre Ausdruck von dem, was über dem Lande lag, ein Rufen, eine Ungeduld, ein fieberndes Warten. Malwida ließ sich ein wenig matt in den Sessel sinken. Nein, sie wollte sich nicht einsam fühlen. Es war eine angenehme, feiertägliche Stunde, in der es gut tut, still vor sich hin zu träumen. Ja, aber was sollte sie träumen. Da war die Vergangenheit, die Zeit, da sie jung und glücklich gewesen war. Gewiß, allein zwischen der Vergangenheit und der Gegenwart lag so viel Trauriges. Der Tod ihres Gatten, die ersten Witwenjahre, in denen sie mit einer Art schmerzlicher Wollust ganz ihrem großen Schmerze lebte. Und dann das allmähliche Abklingen dieses Schmerzes. Mein Gott, es ist nicht leicht, nur einer Vergangenheit zu leben, wenn um uns her alles, die Menschen und die Natur, mit Liebe und Glück immer wieder von vorn anfangen. Malwida war wieder in das Leben hineingekommen, sie zog wieder ihr resedafarbenes Seidenkleid an und freute sich, wenn sie gut aussah. Aber was half das, für sie war ja doch alles zu Ende. Die Vierziger waren da, was konnte denn noch Schönes und Erregendes kommen. Die anderen dort draußen gingen alle zu zweien, Arm in Arm, durch den Frühling, sie hatte allein am Fenster zu sitzen, zuzuschauen und an die Vergangenheit zu denken. Sie lehnte den Kopf zurück und schloß die Augen. Wirklich, die Stille in den Zimmern fiel ihr auf die Nerven. Wo nur der Major blieb. Es war doch merkwürdig, daß man zu einer alten Freundin für die Festtage zum Besuch kommt und dann auf Stunden spazieren geht und sie allein läßt. Seine diskrete lyrische Stimme wäre ihr jetzt gerade recht gewesen. Seine Augen konnten sie noch zuweilen mit so zeremoniell altmodischer Verliebtheit ansehen wie damals, als er noch ein sehr junger und sehr gefühlvoller Lieutenant war. Das war vielleicht nur eine alte Gewohnheit, aber man fühlte sich wenigstens unter diesen Blicken nicht allein. Malwida erhob sich, um zum Fenster hinauszuspähen. Sie wurde wirklich ungeduldig. Ah, da erschien er unten in der Gartenpforte sehr aufrecht in seinem schwarzen Gehrock, den grauen Hut auf dem Kopfe, eine kleine gelbe Frühlingsblume im Knopfloch, und sein langer Schnurrbart war ganz voll blanken Sonnenscheins. »Endlich«, sagte Malwida und setzte sich wieder in ihren Sessel zurück.

»Nun, verehrte Freundin«, sagte der Major von Albeida, als er in das Zimmer trat, während er mit der Hand leicht einige Locken über seinem schon stark gelichteten Scheitel zurechtschob, »ich fürchte, ich störe Sie in einer angenehmen Träumerei.«

Malwida lächelte jetzt wirklich ein ganz verträumtes Lächeln. »Ach nein, dazu habe ich Zeit genug gehabt, kommen Sie, setzen Sie sich zu mir.«

Der Major rückte einen Sessel an das Fenster und setzte sich. Sein Gesicht war leicht gerötet, die guten lavendelblauen Augen glitzerten. Er sieht wirklich jung aus, dachte Malwida, während sie ihre Augen nachdenklich auf seinem Gesicht ruhen ließ. »Haben Sie sich den Frühling angesehen?« fragte sie.

»Den Frühling«, erwiderte der Major und lachte ärgerlich, »ist denn das überhaupt Frühling; das ist ja ein Krampf, ein Fieber, überall spürt man die Übereilung. Na, wir bekommen auch heute ein Gewitter, sehen Sie drüben die schwarze Wolkenwand und wie es in ihr wetterleuchtet. In dieser Jahreszeit, das ist unnatürlich. Man fühlt ordentlich, wie es einem auch im Blut so blank herumarbeitet.«

»Ist das angenehm?« fragte Malwida. Der Major zuckte die Achseln: »Betrunken macht es. Alles ist heute betrunken, die Natur und die Vögel sind betrunken, und erst die Menschen, und immer zwei zusammen, immer paarweise, einen einzelnen sieht man gar nicht mehr. Wenn man dort so allein herumgeht, kommt es einem vor, als beginge man einen Etikettenfehler, man kommt sich geradezu lächerlich vor.«

Malwida hob die Hand und ließ sie wieder müde auf die Armlehne des Sessels zurückfallen, was sehr resigniert aussah. »Alleinsein, mein Freund, das ist das Alter.«

»Oho!« rief der Major und richtete sich stramm auf. »Erstens, das Alter und Sie, meine Gnädige, haben nichts miteinander zu tun, und dann – das Alter, das ist eine Einrichtung, eine Einrichtung der anderen, derer, die unseren Platz haben wollen, Sache des Avancements. Ich kriege den blauen Brief und muß meinen Abschied nehmen, weil ich zu alt bin, sagen die Herren oben; aber muß ich das glauben? Ich denke nicht daran, ich weiß das besser, nichts hat sich in mir geändert, ich bin derselbe Albeida, der ich war. Ich versichere Sie, meine Gnädige, das Alter ist eine Konvention, eine Verschwörung der Jüngeren, und wir brauchen uns das nicht gefallen zu lassen.« – »Aber, Albeida«, sagte Malwida leise. Albeida beugte sich vor, und er legte jetzt in seine Stimme einen weichen schwingenden Baritonklang: »Und Sie, gnädige Frau, fühlen Sie nicht, daß Sie heute dieselbe, aber auch ganz dieselbe sind wie damals vor zwanzig Jahren, als wir zusammen dort auf dem Rasenplatz auch an einem Frühlingsabend miteinander Reiffangen spielten. Sie trugen so ein hübsches, kleingeblümtes Mousselinkleid und ein schmales rotes Samtband um den Hals, und wenn ich den Reif recht hoch warf, hoben Sie die Arme so hübsch, und hinter Ihnen stand ein rosa Abendrot, von diesem zärtlichen Rosa, für das man heutzutage kein rechtes Verständnis mehr hat. Und ich hatte dabei so meinen kleinen Aberglauben. Fängt sie den Reif, sagte ich mir, dann, na ja –« – »Was dann? sagen Sie doch«, drängte Malwida, als der Major innehielt. – »Ich denke«, meinte er, »es war Jean Jacques Rousseau, der als Knabe mit kleinen Steinen nach einem Baumstamm warf. Traf er den Stamm, so war das ein Zeichen, daß Jean Jacques in den Himmel kommt, traf er ihn nicht, nun – dann nicht.« – »Aber Albeida«, sagte Malwida wieder ganz sanft. Der Major sprach jetzt leise und legte seine Hand vorsichtig auf Malwidas Hand: »Nein, wir machen nicht Platz; diese Brautpaare da draußen, die glauben, für sie ist dieser Frühling da, und die Liebe und das Sichverloben, aber wo steht denn das geschrieben? In diesen Sachen gibt es keinen blauen Brief, nicht wahr, Malwida? Wir geben keine Rechte auf.« Jetzt küßte er ihre Hand. Malwida wartete einen Augenblick. »Würde er doch weiter sprechen«, dachte sie; diese leise heiße Stimme wiegte sie in eine sehr süße Schlaffheit. Als er jedoch schwieg, sagte sie wie aus einem Traum heraus: »Ach, Albeida, man ist so mutlos.« – »Mut«, erwiderte er, »ist mein Beruf, Mut hat man immer, wenn man ihn haben will.«

Während sie sprachen, waren sie eine Weile von grellroten Abendlichtern ganz übergossen gewesen. Dann verblaßten die Lichter, und die Dämmerung brach herein. Der Garten draußen wurde dunkel und still. Die Amsel auf dem Birnbaum schwieg längst. Die dunkle Wolkenwand am Horizont hatte sich am Himmel emporgeschoben, es donnerte in der Ferne, und zuweilen stand der Garten ganz im blauen Licht. Die beiden am Fenster schwiegen jetzt. Ja, so war es recht, dachte Malwida, so still da zu sitzen, Hand in Hand, und zu fühlen, daß man auch wieder ganz zu der wunderbar erregten Frühlingswelt gehörte, die draußen in der Dunkelheit flüsterte. Im Garten erwachte jetzt ein Ton, ein Lachen, Malwida fuhr auf. »Meine Brautpaare, ich habe sie ganz vergessen.« – »Kommen Sie, liebe Freundin, wir wollen sie holen gehen.«

Allein, als sie unten im Garten waren, vergaß Malwida, nach den Brautpaaren zu rufen. Ein wenig schwer auf Albeidas Arm gestützt, wandelte sie den Kiesweg entlang. Über dem Hause war der Mond emporgestiegen, rund und weiß, und in seinem Schein legten die Bäume schwarz und deutlich ihre mageren Schatten auf die gelben Wege. Von Osten her hatte sich die Wolkenwand höher in den Himmel hinaufgeschoben und kroch langsam dem Mond entgegen, blauschwarz und voll der flimmernden Unruhe roter und blauer Blitze. Malwida schritt wie durch einen Traum hin. Es war ihr, als sei sie wieder das junge Mädchen im kleingeblümten Mousselinkleide und als lägen die Welt und das Leben wieder vor ihr geheimnisvoll verschleiert und voll süßer Versprechungen. Albeida sprach leise zu ihr. Es war da wohl die Rede von der Einrichtung eines Heims oder von so etwas. Sie hörte nicht zu. Nur das zärtliche Singen seiner Stimme empfand sie angenehm wie eine Liebkosung. Als sie bis an das Buchsbaumlabyrinth am Ende des Gartens gekommen waren, wurde es plötzlich dunkel. Die Wolke hatte den Mond überdeckt, ein lauter Donner grollte, und flüsternd fielen große Regentropfen nieder. »O wie dunkel«, rief Malwida. »Fürchten Sie sich, Liebe?« fragte der Major. »Nein, nein«, sagte sie. Sie ließ seinen Arm los, begann ein wenig die Hecke entlang zu laufen und lachte dabei ein Lachen, das sie schon lange nicht mehr von sich gehört hatte: »Albeida, wo bin ich?« rief sie. Aber sie geriet ein wenig außer Atem, sie war das Laufen nicht mehr gewohnt, dann war auch Albeida bei ihr. Er legte den Arm um ihre Taille, sie lehnte sich gegen seine Schulter. »Sind wir Kinder!« flüsterte sie. »Ja«, sagte Albeida, »aber jetzt müssen wir vernünftig sein, es regnet stärker, wir müssen nach Hause.« – »Ja, ja, laufen wir.« Und wirklich, Hand in Hand liefen sie durch den Regen bis an das Haus. Im Vorzimmer angelangt, blieben sie stehen, beide außer Atem, der Major keuchte ein wenig. Vom Wohnzimmer her klangen die hellen Stimmen der jungen Leute zu ihnen herüber. »Albeida«, sage Malwida und faßte den Arm des Majors, ihre Stimme klang angstvoll, »die Kinder dürfen heute noch nichts erfahren.« – »Nein, das ist unser Geheimnis«, entgegnete er.

Im Wohnzimmer fanden sie die beiden Brautpaare in einer Reihe auf dem Sofa sitzen. Sie schauten die Eintretenden neugierig und belustigt an. Das helle Gemach, das große Kaminfeuer, die acht blanken, kritischen Augen, all das erschütterte wunderlich Malwida, es war ihr, als fiele etwas Warmes und Schwüles, das sie eingehüllt hatte, von ihr ab, sie fror.

»Aber Mama«, sagte Aglaja, »wie unvorsichtig, nun bist du naß geworden, natürlich hast du morgen wieder einen entzündeten Hals.« – »Und wie du gelaufen bist«, sagte Edith. »Du bist ja ganz außer Atem, du bist wirklich unglaublich, Mama.« – »Setzen Sie sich an den Kamin, liebe Freundin«, meinte der Major, und Malwida dachte, würde er doch hier nicht mit dieser zärtlichen Stimme sprechen.

Nun saßen sie am Kamin und tranken Tee. Der Major fühlte sich sehr gemütlich, Malwida fand, daß er solche Ehemannsstellungen einnahm, und das mißfiel ihr. Der Referendar sagte jetzt etwas, und die vier auf dem Sofa begannen zu lachen; alle vier zugleich, hell und andauernd. Malwida kannte bei ihren Töchtern dieses Lachen mit dem Untergrund von Ungezogenheit, dann schwiegen sie wieder dort auf dem Sofa. Sie saßen da wie in einer Theaterloge, schauten mit blanken spöttischen Augen die beiden am Kamin an, als warteten sie auf etwas Unterhaltendes. Malwida fand das unerträglich. Wenn der Major nur jetzt nichts sagen würde, dachte sie, aber da begann er schon:

»Eine denkwürdige Naturerscheinung, dieses Gewitter – unser Gewitter«, fügte er leise und innig hinzu. Malwida tat, als hörte sie nicht.

Aber nun hatte auf dem Sofa der Lieutenant etwas gesagt, und das helle, anhaltende Gelächter brach wieder los. Nein, so ging es nicht weiter.

»Benehmt euch doch ein wenig ruhiger«, fuhr Malwida ihre Töchter an, »wie kann man so kindisch sein. Übrigens ist es Zeit, zu Bett zu gehen.« Und sie erhob sich, um das Zeichen zum Aufbruch zu geben.

In ihrem Zimmer hatte Malwida Eile, ins Bett zu kommen, sie wollte Stille und Dunkelheit um sich haben, allein, als die Stille und Dunkelheit da waren, lasteten sie auf ihr. Es war ihr eine Qual, an das eben Erlebte zu denken. Wie fremd und gespenstisch erschien ihr das alles, fremd und gespenstisch vor allem diese Malwida, die an der Buchsbaumhecke entlang gelaufen war und girrend gelacht hatte. Und dann der zärtliche Major mit den wunderlich glitzernden Augen. Nein, sie mochte daran nicht denken, sie wollte schlafen, sie war todmüde. Der Schlaf kam, aber unruhig und voller Träume. Sie stand im Traume wieder an der Buchsbaumhecke, der Major neben ihr. Er legte seinen Arm um ihre Taille, ja, er küßte sie. Aber die Brautpaare waren auch da und lachten ihr helles und hartes Lachen. Malwida und der Major begannen zu laufen, und die Brautpaare liefen ihnen nach und lachten immerzu. Gehetzt und atemlos erwachte sie. Draußen strömte der Regen nieder, ein heftiger Wind rüttelte an den Läden. Irgendwo war eine Tür offen und knarrte verdrießlich und klagend in die Nacht hinein. Eine furchtbare Traurigkeit schien Malwida durch die Nacht zu schleichen. Was war denn geschehen? Ja, morgen, morgen mußte sie es ihren Kindern sagen. Wie sie sich davor fürchtete. Sie sah Aglajas böses und Ediths spöttisches Gesicht vor sich. Kinder, ich bin auch Braut, würde sie sagen. Das war ja unmöglich, das war zu lächerlich. Wie ruhig und gemütlich könnte sie nicht den morgenden Tag erwarten, wäre all das nicht geschehen. Ihre Zimmer, ihr Kaminfeuer, ihr ganzes friedliches Leben warteten auf sie, und nun war der Major da und diese ganze fatale Liebesgeschichte, die so plötzlich wie aus einem unheimlichen Hinterhalt sie angefallen hatte. Unendliche Mutlosigkeit und Müdigkeit erfaßten sie. Warum ließ man ihr denn nicht ihre Ruhe. Wie ein körperlicher Schmerz nagten diese Gedanken an ihr und warfen sie ruhelos im Bette hin und her. Sie mußte einen Entschluß fassen. Gut, sie wollte morgen früh aufstehen und an Albeida schreiben. Er war edel und diskret, und dann war es, als sei nichts geschehen. Das half. Sie wurde ruhiger und schlief wieder ein.

Kalt und grau schlich der Morgen durch die Fenstervorhänge, als Malwida erwachte und nach ihrer Kammerzofe Jenny klingelte. Sie hatte Migräne, und ihr Hals schmerzte, wie Aglaja es vorausgesagt hatte. Während des Ankleidens war sie streng gegen Jenny. Als sie in das Wohnzimmer hinüberging, schalt sie den Diener, weil er nicht geheizt hatte; endlich setzte sie sich an ihren Schreibtisch, um an den Major zu schreiben.

»Lieber Albeida«, begann sie, dann hielt sie inne. Wie sollte sie es sagen? Sollte sie von einem Opfer sprechen, das sie ihren Kindern brachte? Es war wirklich schwer. Der Major war eine gute treue Seele, und sie mochte ihn nicht kränken. Während sie noch nachdachte, hörte sie knarrende Schritte, und der Major erschien, ein wenig bleich, ein wenig ältlich in dem unfreundlichen Lichte dieses Regenmorgens. Aber er lächelte freundlich und küßte Malwida die Hand. »Schon auf, verehrte Freundin.« »Ja«, sagte Malwida, »ich habe nicht gut geschlafen. Aber ich freue mich, daß Sie gekommen sind. Ich – ich wollte eben an Sie schreiben. Bitte, setzen Sie sich. So. Aber es ist besser so. Sie sind gut und fein und rücksichtsvoll. Sie ersparen mir das Schreiben und wohl auch das Sprechen.« Sie sah ihn dabei bittend an.

Der Major machte ein sehr ernstes, ja entschieden böses Gesicht, aber er schwieg und verneigte sich förmlich.

Malwida wandte den Kopf ab und schaute zum Fenster hinaus. »Ach«, dachte sie, »wie traurig das alles ist.« Da hörte sie den Major mit etwas heiserer Stimme sagen: »Ein merkwürdiger Wetterumschlag.« – »Ja«, erwiderte Malwida, ohne ihn anzuschauen. Sie wollte etwas Melancholisches und doch Tröstliches sagen: »Es kommen so Träume über uns, und da ist so ein nüchterner, grauer Morgen gut, er zwingt uns, zu erwachen.«

Da lachte der Major plötzlich, aber es klang ziemlich freudlos. »O ja, es gibt Träume, bei denen gerade das Erwachen das Fatale ist. So träume ich auch noch zuweilen, daß ich avanciere, daß ich Oberst werde, und da ist es denn nicht besonders angenehm, immer wieder als – alter Major a.D. zu erwachen.«

Malwida wandte sich schnell ihm zu und legte die Hand auf seinen Arm. »Albeida«, sagte sie einschmeichelnd, »seien Sie nicht bitter, ich bitte Sie darum.«

Der Major wurde wieder förmlich. »Ich bitte Sie um Entschuldigung, gnädige Frau. Aber es ist vielleicht entschuldbar, daß einer ein wenig zusammenzuckt, wenn ihm eine Anweisung auf Lebensglück unerwartet mit einem dicken schwarzen Strich durchstrichen wird.«

Malwida schüttelte traurig den Kopf. »Nein, Albeida, nicht durchstrichen, ausradiert, ganz zart und vorsichtig, und dann ist alles wie früher.«

Der Major zog ein wenig die Augenbrauen empor, erwiderte jedoch nichts. Sie schwiegen nun beide und schauten in den niederrinnenden Regen hinaus, beide bleich, kummervoll und ältlich.

Da wurden im Nebenzimmer Stimmen laut, junge,

scharfe Stimmen, helles, ausgelassenes Lachen. Malwida schreckte ein wenig zusammen. Auch der Major horchte auf. »Die da«, sagte er leise, »die sind glücklich.« Malwida lächelte matt. »Ach ja, das ist ihr Beruf.«

Albeida strich seinen Schnurrbart in die Höhe, klemmte sich ein Monocle in das Auge und erhob sich. »Merkwürdig«, sagte er, »das ist ein Beruf, für den ich nie den Befähigungsnachweis erbringen konnte.«

DIE VERLOBUNG

Elly hatte sich mit dem Grafen Hans von Trim-Bausach verlobt. Die Partie war sicherlich die glänzendste, welche ein junges Mädchen machen konnte. Der Graf war reich, Edelmann und Weltmann. »Il n'est pas un homme, mais un gentilhomme, qui a vu le monde«, sagte die alte Französin Lonne. Dazu war er schön, von jener anständigen, imposanten Schönheit, welche doch die einzig gesellschaftsfähige ist. Was aber die Hauptsache war, »der Graf ist so unendlich vertrauenerweckend«, meinte Frau von Merten, Ellys Mutter. »Elly ist noch ein Kind, und wenn ich sie dem Grafen in die Arme lege, so habe ich das Gefühl, als vollendete ich recht eigentlich ihre Erziehung, ja, es ist fast, als ob ich sie in eine sehr vornehme und teure Pension gäbe.«

Also das Brautpaar saß im Bibliothekszimmer auf dem kleinen Sofa am Fenster beieinander. Elly schaute am Gesicht ihres Bräutigams vorüber zum Fenster hinaus auf den altbekannten Goldregenstrauch, der im warmen Maiwinde bedächtig, fast schläfrig seine gelben Blütendolden wiegte, als sei nichts geschehen. Und doch erschien Elly die Lebenslage seltsam unwirklich und traumhaft. Da saß dieser fremde, imposante Herr neben ihr, der braungoldene Backenbart, die strenge, gerade Nase, die hohe Stirn, über der sich das blonde Haar schon ein wenig lichtete, waren ihr ganz nah, und eine fremde, gepflegte Herrenhand griff nach der ihren.

Sie fühlte, daß ihre Wangen brannten, und sie bedauerte das. Es war ihr ohnehin nicht angenehm, daß sie ein so kindlich rundes Gesicht hatte; wenn die Backen nun zu rot wurden, dazu das weiße Pfingstkleid mit der rosa Schärpe, dann war das Schulmädchen fertig. Der Graf sprach nicht. Er beugte sich ein wenig vor, lächelte und schaute seiner Braut in die Augen. Es ist nun nicht sehr gemütlich, wenn jemand uns so starr in die Augen sieht, aber es war doch feierlich, und er mußte es wissen, meinte Elly, was man in solchen Augenblicken tut, er hatte ja schon so ungeheuer viel geliebt und hatte sich gewiß zuweilen verlobt. Die Augen des Grafen waren blank und stachelbeergrün, die Wimpern lang und dunkel. Hübsch, dachte Elly, aber nun war sie doch neugierig, wann er zu sprechen anfangen und was er dann sagen würde. Ja, nun sprach er, die Stimme war tief, ging dann zuweilen höher hinauf, zitterte ein wenig. Was er sagte, klang, als läse er aus einem schönen Buche vor. »Elly, Elly, ich habe meinen ganzen Mut zusammennehmen müssen, um meine Hände nach solch einem Glücke auszustrecken, nach solch einem reinen Glücke. Du selbst kannst es ja gar nicht fühlen, welch eine ungeheure Fülle von Glück für die anderen in solch einem kleinen Mädchen steckt. Das ist einfach unbegreiflich, einfach fabelhaft. Natürlich verdiene ich solch ein Glück nicht, aber ich sagte mir, keiner, absolut keiner verdient es, das gab mir Mut, ein unverdientes Glück auf mich zu nehmen ...«

Das klang sehr schön. Elly wurde wunderlich und andächtig zu Mute; und das Seltsame war, daß sie mit Andacht an sich selbst dachte, sich selbst fühlte. Sie hatte nicht gewußt, daß sie all das war, was der Graf sagte, aber jetzt fühlte sie die schönen Worte körperlich wie einen angenehmen feierlichen Schauer, etwa wie den Schauer, den sie empfunden hatte, wenn die Mutter vor dem Balle ihr die kühle Perlenschnur um den Hals legte. Dann aber machte ein kindischer Gedanke sie zerstreut. Sie schaute durch das Fenster auf den Hof hinaus. Die Mägde in ihrem Pfingststaat gingen steif und langsam die Landstraße entlang, der Haushund lag im gelben Nachmittagslichte, die vier von sich gestreckt, und schlief, ein Enterich zog über den Rasenplatz und rief verdrießlich nach etwas, und diese ganze langgewohnte heimatliche Alltäglichkeit schien sich so gar nicht darum zu kümmern, daß Elly, die doch zu ihr gehörte, jetzt etwas ganz anderes, Hohes geworden war, etwas wie ein unverdientes Glück, nach dem man kaum die Hände auszustrecken wagte. Sie hatte Lust, zu lachen, blickte dann aber erschrocken den Grafen an. Dieser tat gerade eine Frage an sie:

»Wirst du auch versuchen, mich ein wenig zu lieben?«

»Ja«, sagte Elly, und sie fand, daß dieses Ja etwas zu kurz heraus kam. Jetzt beugte der Graf sich vor und küßte sie. Sein Bart duftete leicht nach Heliotrop. »Also so ist das«, dachte Elly.

»Jetzt müssen wir zu deinen Eltern hinausgehen«, meinte der Graf. Sie erhoben sich, er legte die Hand um ihre Taille. Elly dachte flüchtig an die Stecknadeln, mit denen die Zofe Lina so gern die Schärpe befestigte. Dann gingen sie hinaus.

Im großen Wohnzimmer fanden sie viele Menschen

versammelt. Alle waren sie da beisammen, die Eltern und die alte Französin Lonne, die Freundinnen Mimi und Berta auch in weißen Kleidern und mit zu roten Wangen, Frau von Bardan, die bleiche, schlanke Frau, die Elly ihrer Schönheit und ihrer Kleider wegen so sehr bewunderte. Im Hintergrunde des Zimmers standen sogar die Stubenmädchen und die Diener, und aus dem grünen, sich sachte regenden Lichte, das durch die Blätter der Ulme vor den Fenstern in das Gemach fiel, schauten alle diese Gesichter dem eintretenden Brautpaare mit einem eigentümlich starren, andächtigen und doch gespannten Lächeln entgegen. Elly hatte das Gefühl, als sei etwas mit ihr vorgegangen, das sie für diese ihr so vertrauten Menschen plötzlich zu etwas Merkwürdigem und Fremdem machte, zu etwas, das man achtungsvoll und ein wenig verlegen betrachtet. Nun kam ihre Mutter auf sie zu, umarmte sie heiß und weinte. Es war Elly unangenehm, daß sie nicht auch weinen konnte. Und dann der Vater, er küßte Elly auf die Stirn. Er hatte seinen langen schwarzen Rock an und machte das würdevolle, ernste Gesicht, das er in der Kirche zu machen pflegte, wenn der Pastor die Fürbitte für die Gutsherrschaft sprach. Lonne hüllte Elly in ihren Patschouliduft. Mimi und Berta küßten Elly, aber so steif und vorsichtig und wurden dabei über und über rot. Wie seltsam sie alle waren. Nur als Frau von Bardan sie in ihrer hübschen milden Art umschlang und sie so seltsam aus schönen, feuchten Augen anschaute, da konnte Elly auch ein wenig weinen, sie wußte nicht, warum, aber sie war ihr dankbar dafür.

»Jetzt trinken wir auf das Wohl des Brautpaares«,

sagte Herr von Merten, und der Diener begann Sekt umherzureichen. Der Graf stieß mit allen an, leerte sein Glas, lehnte jedoch ein zweites ab, denn er war es nicht gewohnt, um diese Zeit Sekt zu trinken. Elly fand das dumm, denn sie sah, daß es ihren Vater verlegen machte. »Natürlich«, sagte er, »aber das ist nun unsere ländliche Tradition, zu einer Verlobung muß Sekt getrunken werden, und wäre es um 6 Uhr morgens.« Der Graf lächelte liebenswürdig. »Gewiß, Traditionen – überhaupt Traditionen sind nicht nur sehr hübsch, sondern auch wertvoll und nötig.«

Dann setzte man sich um den runden Tisch, die anderen fuhren fort, Elly mit andächtigem Lächeln anzuschauen. Ein Gespräch wollte sich nicht recht machen, bis der Vater und der Graf endlich von einem Minister zu sprechen begannen, da ging es, zugleich aber war es Elly, als hörte das Traumhafte, das Ungewöhnliche und Erregende der Lebenslage auf. Ein fremder Herr war zu Besuch gekommen und sprach mit dem Vater über uninteressante Dinge, nichts war geschehen. Die Nachmittagssonne schien in die Zimmer und brachte wie immer die Müdigkeit und die unklare Sehnsucht des zu Ende gehenden Feiertages mit. Der einzige Unterschied war, daß Elly neben dem fremden Herrn am Tische saß, statt bei Mimi und Berta in der Fensternische zu stehen und zu kichern. Jetzt kicherte man dort über sie, das hatte sie davon. Ihr Blick fiel dann auf Frau von Bardan. Die junge Frau saß ein wenig entfernt von den anderen, den Kopf auf die Lehne des Sessels zurückgebogen, und schaute Elly an, sie schaute sie an, wie wir ein Bild betrachten, das uns erregt, fast quält, und die

Erregung dieses schönen, bleichen Gesichtes teilte sich Elly mit. Es war wunderlich, aber plötzlich spürte sie wieder in sich und um sich jenes ereignisvolle Schwingen, das sie stets fühlte, wenn es ihr schien, als seien die großen, geheimnisvollen Dinge des Lebens im Anzuge.

»Jetzt muß das Brautpaar den Verlobungsspaziergang machen«, sagte die Mutter.

»Ein Brautpaar«, meinte der Vater, »ist ungesellig, einem Brautpaar sind wir ja doch alle ganz uninteressant.«

Als Elly am Arm des Grafen vor das Haus trat und langsam den Weg hinabging, sah sie, wenn sie sich umschaute, wie die Hausbewohner auf die Freitreppe hinausdrängten, um ihnen nachzuschauen, Stühle wurden gebracht, ein jeder wollte einen guten Platz haben. Es war wie ein begieriges Publikum, das seine Sitze in einem Theater einnimmt. Das regte Elly sehr an. Unterdessen war es abendlicher geworden, die Maiwelt duftete herb und frisch, die Vögel lärmten wie toll. Und so war es gut. Sie begann ihre Verlobung zu genießen. Um die Unterhaltung brauchte sie sich nicht zu bemühen, das würde der Graf bei seiner Übung schon machen. Da begann er auch mit seiner hübschen lyrischen Stimme zu sprechen. Er sprach vom Flieder. »Flieder, ja Flieder, wie er blüht. Ist es nicht, als wolle er besonders für uns den heutigen Tag schmücken? Liebst du Flieder, liebe Elly?« Es war allerdings sehr hübsch, wie auf den ansteigenden Hügeln zu beiden Seiten des Weges die Fliederbüsche dicht gedrängt standen, ein sanftes, hellblaues Wogen, dazwischen der kräftigere Purpur des persischen Flieders, dahinter weißer Flieder, der grellweiße Schaum dieser unendlich weich gerundeten Farbenwellen. »Eigentlich wie Wolken, nicht wahr, liebe Elly«, sagte der Graf, »in den Tropen habe ich solche Abendwolken gesehen.«

»Ich finde, das sieht aus wie die Musselinkleider der Frau von Bardan«, hörte Elly sich selbst mit Schrecken sagen, aber sie kannte das an sich, sie sagte immer solche Dinge, die sie um die Welt nicht hätte sagen sollen. Noch heute morgen hatte Mimi, die alles wußte, behauptet, ganz gewiß hat der Graf »auch Frau von Bardan geliebt«. »So, hm«, meinte der Graf. Nach einer Pause setzte er hinzu: »Ich kenne die Musselinkleider der Frau von Bardan nicht.« Das klang wie ein Verweis, und die Unterhaltung war gründlich gestört. Sie gingen eine Weile schweigend weiter, dann bogen sie in einen Seitenpfad ein, mitten hinein in all das Fliederblau. »Oh, da steht ja eine einsame Bank«, rief der Graf, »wie für uns geschaffen, komm, setzen wir uns.« Und als sie saßen, nahm der Graf den Hut ab und wiegte den Kopf hin und her. »Schön, schön, hier hast du wohl oft allein mit deinen Mädchengedanken gesessen, liebe Elly.« – Ja, hier hatte Elly allerdings öfter gesessen. »Nicht wahr«, fuhr der Graf fort. »Du wirst mich ganz in dein Mädchenleben einführen, in deine Beschäftigungen. Ich höre, du hast einen kleinen Garten, den du selbst bearbeitest.« Ja, Elly hatte einen kleinen Garten, denn Mama wünschte es, aber sie haßte die Arbeit darin, denn sie konnte keine Regenwürmer sehen. – Freilich, Regenwürmer ließen sich dabei schwerlich vermeiden. Der Graf wiegte noch immer sachte den Kopf, und Elly dachte, sollte er wirklich nicht mehr wissen, was er sagen soll. Nicht weit von ihnen auf dem Nebenwege knirschten Schritte auf dem Kies. Ein Paar ging da vorüber, das kleine blonde Milchmädchen und der Gärtnerbursche, beide festtäglich gekleidet, die Gesichter rot vom Waschen. Der Bursche hatte seinen Arm um die Schultern des Mädchens gelegt, jedes von ihnen hielt zwischen den Lippen eine Fliederdolde. So wandelten sie langsam und festtäglich faul dahin und verschwanden zwischen den Fliederbüschen.

»Ah, ah«, sagte der Graf, »auch ein Brautpaar.«

»Ja, und die haben sich auch nichts zu sagen«, sprach es zu ihrer eigenen Überraschung aus Elly heraus. Erschrocken blickte sie zum Grafen auf, und sie traute ihren Augen kaum, er lächelte, aber das strenge, überlegene Weltmannsgesicht errötete, wie sie oder Mimi zu erröten pflegten. Er tat ihr leid, und sie wollte etwas Beruhigendes sagen; da griff er vorsichtig nach ihrer Hand, legte sie flach auf die seine und strich sachte darüber hin. »Du hast recht«, meinte er, und seine Stimme klang weniger imposant als vorhin, »ich bin ungeschickt, aber wir, die wir uns für die Geschickten halten, die alles kennen und alles gesehen haben, wir sind immer ungeschickt vor solch einem jungen Mädchen, wie du es bist. Natürlich, denn du bist für mich das Unbegreifliche, Unverständliche, ganz Fremde, das zu begreifen und dem nahe zu kommen ich für das Glück halte, das ich jetzt durchaus haben muß. Gewiß weiß ich nicht, was ich sagen soll; ich wage von dem Meinen nichts herauszugeben, denn ich fürchte, etwas in dir zu erschrecken, zu stören. Ich will ja von mir fort zu dir, und da komme ich mir vor wie einer, der sich expatriieren will und die Sprache des Landes seiner Sehnsucht noch nicht kennt.«

Elly war nachdenklich geworden. »Ich denke, das ist sehr hübsch«, sagte sie zögernd, »aber ich glaube nicht, daß es so ist, das heißt, daß ich so bin. Was kann denn an mir nicht zu verstehen sein, und wenn du verstanden hast, ist es vielleicht nichts. Lonne sagte von meinen französischen Aufsätzen, daß die Handschrift so schlecht ist, daß man sie nicht lesen kann, und ›lorsqu'on l'a déchiffrée, cela ne vaut guère la peine‹. Aber etwas anderes wollte ich fragen. Mit den schönen interessanten Frauen, so mit den Frau von Bardans, da kannst du, da könnt ihr, ich meine die Herren, die sie lieben, sprechen, da sprecht ihr von Liebe oder so, die sind nicht unbegreiflich, nicht wahr?« Der Graf strich wieder sinnend über Ellys Hand und sprach langsam zu den Fliederbüschen hinüber: »Nein, die sind nicht unbegreiflich, aber das ist ganz etwas anderes, das hat mit dir nichts zu tun. Zwei fassen sich an der Hand, weil sie glauben, dann das Häßliche des Lebens eher vergessen zu können. Natürlich können sie miteinander sprechen und verstehen sich, ein jeder kennt des andern Wunden, des andern Schuld, Spießgesellen des Lebens, die nichts voreinander zu verbergen brauchen. Und das gibt dann etwas Schwüles und Trauriges, das als Liebe durch die Welt geht. Nein, damit haben wir nichts zu tun. Ich sehne mich nur nach meinem unbegreiflichen, kleinen Mädchen, vor dem ich nicht weiß, was ich sagen soll, vor dem ich ungeschickt und verlegen werde. Ach,

Kind, wenn du wüßtest, welch eine Wonne es ist, wieder einmal recht herzhaft verlegen zu werden, verlegen vor dir.«

Elly hatte ernst zugehört, sie dachte einen Augenblick nach, dann sagte sie sinnend: »Ich weiß nicht, ob ich das alles recht verstehe, aber mir scheint dieses Schwüle und Traurige, von dem du sprachst, etwas sehr Schönes zu sein, und ich denke es mir doch sehr angenehm, so geliebt zu werden, wie ihr die – die Frau von Bardans liebt.«

Jetzt beugte der Graf sich vor und küßte dieses Mädchengesicht, das in der Abendluft kühl geworden war wie eine Fliederdolde.

»Ach, Kind«, sagte er, »ein jeder wird mit der Liebe geliebt, die er selbst geschaffen hat, und keine gleicht der andern. Die Liebe, mit der du geliebt werden wirst, ist deine ganz eigene Erfindung, ist dein Geheimnis, die kannst nur du geben, und ich bin bereit, alles, alles zu verlernen, nur um dieses von dir zu lernen.«

Hinter den Hügeln über die blauen Fliederwipfel stieg ein fast weißer Mond am glashellen Himmel auf, der Tau tropfte leise raschelnd in den Büschen, und die Blüten atmeten ihren berauschend starken, bitteren Duft aus. Das Brautpaar saß jetzt schweigend da, Hand in Hand, und schaute zum Monde auf.

So muß es sein, dachte Elly, ganz so. Eine Verlobung ist doch etwas sehr Schönes. Nur eines möchte ich wissen, wie eigentlich diese Elly ist, mit der Hans sich verlobt zu haben glaubt; von der er glaubt, daß sie neben ihm sitzt und daß er ihre Hand hält.

FRÜHLINGSNACHT

Waldschnepfen sollten geschossen werden. Sie gingen der kleinen Waldwiese zu, Arwed ging den anderen voraus, sein Gewehr hatte er über die Schulter gehängt, und Ritas Gewehr trug er in der Hand. Er fühlte sich sehr glücklich, er konnte nicht anders, diesen plötzlichen, knabenhaften Glücksempfindungen gegenüber war er wehrlos, wenn er es auch immer wieder erfahren mußte, wie schnell sie wieder fort waren, um einem ebenso törichten und knabenhaften Elend zu weichen. Ja, heute kränkte es ihn nicht einmal, daß die beiden, Rita und der fatale Vetter Frank, hinter ihm hergingen und so vertraulich miteinander plauderten und lachten. Rita hatte ihm heute nachmittag ganz aus freien Stükken gesagt, wenn wir Schnepfen schießen gehen, stehe ich natürlich bei dir. Natürlich, das klang doch wie Zusammengehörigkeit. Und dabei hatte sie ihr kindliches, kameradschaftliches Gesicht gemacht, in dem die Augen rund und intensiv blau wurden. Wenn sie so etwas sagte und dabei dieses Gesicht machte, dann schmolz alles in Arwed, und er mußte, er konnte nicht anders, er mußte immer wieder daran glauben, daß nun alles gut sei. Auch jetzt vergaß er es, wie dieses Mädchen ihn sein ganzes Leben hindurch gequält hatte, schon damals, wenn sie als Kind mit schlanken Beinen in langen schwarzen Strümpfen während der Sommerferien zu ihnen kam und sie miteinander zwischen den Levkojenbeeten des Gartens herumtobten. Schon damals konnte

Rita gerade in Augenblicken, da Arwed glaubte, am besten mit ihr zu stehen, plötzlich ernst werden und die runden Augen zusammenkneifen, daß sie blanke, blaue Striche wurden, und sagen »Geh«, und schon damals hatte er dann das Gefühl, als sei alles aus und als könne er nie mehr froh werden. Und seitdem war es immer so gewesen, Rita gegenüber konnte er diese Knabenempfindungen nicht los werden; dieses Mädchen herrschte über sein Blut, dagegen ließ sich nichts tun, das hatte er nun verstanden. Rita hatte eine Art, mit ihm umzugehen, daß er sich immer wieder für verlobt mit ihr hielt, und dann war es immer wieder nichts. Noch gestern abend hatte er sich von ihr getrennt mit der festen Überzeugung, sie seien verlobt, und heute morgen tat Rita, als wisse sie von nichts. Dazu kam noch dieser Vetter Frank mit seiner verdammten Schönheit. Er hatte eine Art, mit den Mädchen leise, hochmütig und freundlich zu sprechen, als seien sie kostbare kleine Sachen, die ihm gehören. Dabei schaute er unverwandt auf ihre Lippen, und sie alle, auch Rita, bekamen dann einen seltsam ernsten, hilflosen Ausdruck, sahen aus wie Mädchen, die träumen, und zwar träumen, daß der Vetter Frank sie küßt. Widerwärtig! Allein, all das konnte Arwed jetzt vergessen, all das war jetzt fort. Ihm klang nur das »Natürlich stehe ich bei dir« in den Ohren. Das war doch wieder fast eine Verlobung oder doch der Anfang einer Verlobung. Und Arwed pfiff eine sehr schmelzende Melodie leise vor sich hin.

Abendschein lag auf den Waldwiesen. Die durchsichtigen Birkenschöpfe waren voll goldroten Lichtes, und ganz berauscht davon saßen die Amseln mitten darin, schlugen mit den Flügeln und schmetterten. Der Wind brachte die Düfte junger Tannentriebe und springender Birkenknospen mit. Lerchen stiegen gerade in einen rosa Glashimmel hinauf. »Das ist festlich«, dachte Arwed, »an einem solchen Abend muß man an alles Gute glauben können. An einem solchen Abend muß man sich lieben, wenn man allein beieinander steht. Es liegt Verlobung in dieser süßen Luft.« An einer kleinen Tanne blieb er stehen und ließ die beiden anderen herankommen. Er lächelte und rieb sich vergnügt die Hände, über jeder Schulter ein Gewehr. »So, hier bleiben wir«, rief er, »du, Frank, gehst weiter, dort bis zu den Erlenbüschen.« Frank blickte Arwed einen Augenblick ein wenig mitleidig an, dann schaute er wieder vor sich nieder. Er war sparsam mit dem Aufschlag seiner großen Augen, als seien sie etwas Kostbares, das nur selten aus dem Futteral genommen werden durfte. »Du scheinst dich ja sehr auf die Waldschnepfen zu freuen«, sagte er, »du hast ja so rote Backen, als ob du vom Schneeballwerfen kämest.«

Arwed errötete. »Für meine Backen kann ich nichts«, erwiderte er gereizt, »und gewiß freue ich mich auf die Waldschnepfen und auf alles. Solch eine Lebenslage ist doch dazu da, daß man sich freut.«

»Ja so, ich weiß«, meinte Frank, »du bist sehr für Lebenslagen.«

»Für Lebenslagen«, wiederholte Arwed ärgerlich. »Lebenslagen lassen sich nicht vermeiden, und wenn sie gut sind, so genießt man sie, wenn man das noch kann. Übrigens mußt du auf deinen Platz gehen, denn die Schnepfen werden gleich kommen.«

»Gut, gut«, versetzte Frank gleichmütig, »wenn du mich los sein willst.« Er nickte und schlenderte dem Erlengebüsche zu. Rita hatte sich auf einen Baumstock gesetzt. Fest in ihren braunen Paletot geknöpft, den kleinen braunen Filzhut ein wenig über die Stirn hinaufgeschoben, schaute sie Arwed an, aber mit ihrem guten kameradschaftlichen Gesicht, die Augen rund und ohne Spott, das Lächeln, das die Lippen ein wenig öffnete, lustig und ermutigend. »Warum schaust du mich so an?« sagte Arwed.

»Weil du wirklich so komisch froh aussiehst«, erwiderte Rita. Arwed mußte zu seinem Ärger wieder erröten. »Das ist dir wohl nicht recht«, sagte er ein wenig scharf, »ja, du hast ein so weiches Herz, daß, wenn du jemanden froh siehst, du ihn am liebsten gleich unglücklich machen möchtest, um ihn dann bemitleiden zu können.«

Rita nahm diesen Spott nicht übel, wie Arwed gefürchtet hatte. Sie schaute über die Wiese hin und sagte freundlich: »Ach Unsinn, es ist ja heute hier wirklich sehr hübsch. Frank sagt, der Abend ist heute wie ein sehr süßes rosa Bonbon.«

Arwed zuckte die Achseln: »Gott, der mit seinen Konditorvergleichen! Nein, der Abend ist – ist –« er suchte nach einem Ausdruck, er wollte etwas entscheidend Gefühlvolles sagen, »der Abend ist – wie eine Liebeserklärung.«

»Ach ja«, meinte Rita, »das ist wahr, wollen wir ganz still sein und ihr zuhören.«

Es war gewiß sehr angenehm, so still beieinander zu stehen, zu hören, wie die Vögel allmählich stiller wurden, zu sehen, wie die Abendlichter auf der Wiese verblaßten, und sich eins zu wissen in einem seltsam weichen und doch erregenden Gefühl. »Aber wenn etwas Entscheidendes geschehen soll«, dachte Arwed, »dann müßte doch gesprochen werden.« Er wagte es jedoch nicht.

»Sie kommt«, sagte Rita, stand auf und spannte den Hahn ihres Gewehres. Fern vom Walde tönte ein weiches Knarren herüber. »Hübsch«, flüsterte Rita, »das klingt wie eine Tür, die sich leise und ganz heimlich öffnet.«

»Ja, ganz heimlich«, bestätigte Arwed im selben Flüsterton, als handle es sich um ein Geheimnis zwischen ihm und Rita. Der Ton kam näher und mit ihm stieg in Arwed die Jagderregung auf, die so wohlig das Blut erwärmt. Jetzt sah Arwed die Schnepfe. Sie flog schnell und hoch und ein wenig seitab von ihnen, und Arwed schoß, und wie ein brauner Federball stürzte der Vogel aus seiner Höhe nieder und fiel klatschend in eine Wasserlache. In großen Sätzen lief Arwed, die Schnepfe zu holen. Er nahm sie, schwenkte sie und rief ausgelassen: »Das war ein Schuß, was?« Aber er verstummte, denn Rita blickte nicht auf, sie schaute aufmerksam auf ihr Gewehr nieder, an dem sie den Hahn abspannte, und als sie dann aufsah, waren ihre Augen schmal und böse. »Warum schießest du mir vor, sie kam doch auf meiner Seite.« – »Aber Rita«, entschuldigte Arwed kleinlaut, »sie flog für dich doch viel zu hoch und schnell.« Rita zog ergeben die Augenbrauen empor und hing sich ihr Gewehr über die Schulter. »Für mich zu hoch«, wiederholte sie, »natürlich. Warum eine Schnepfe, die für dich nicht zu hoch ist, für mich zu hoch sein soll, ist zwar nicht ohne weiteres klar, aber wahrscheinlich ein Naturgesetz. Zu Melanie sagt ihr Mann auch immer, wenn er allein ins Theater gehen will: »Kind, ich glaube, das Stück ist für dich zu differenziert.« – »Aber Rita«, protestierte Arwed, »ich konnte doch nicht wissen ...« Allein Rita unterbrach ihn: »Ach bitte, entschuldige dich nicht, es ist möglich, daß du recht hast, aber ich gehe jedenfalls zu Frank hinüber, vielleicht sind die Schnepfen dort weniger differenziert.«

Arwed schaute Rita nach, bis sie hinter den kleinen Tannen verschwand. Er spürte ordentlich wie einen Schmerz den enttäuschten und verblüfften Ausdruck seines Gesichtes. Dann stieg der Zorn in ihm auf, und er warf die Schnepfe heftig zu Boden. So war es immer, immer kam so etwas dazwischen, und wieder war alles aus. Konnte er denn von diesem Mädchen nicht loskommen, mußte er denn immer sich quälen lassen. Solange der Zorn dauerte, war es erträglich, aber als er vorüber war, kam dieses jämmerliche Gefühl, das er selbst verachtete und das ihn doch so elend machte. Eine Schnepfe kam geflogen, aber Arwed schoß nicht, die Lust an der Jagd und an allem war dahin, er starrte nur immer zum Erlengebüsch hinüber, wo Rita jetzt bei Frank stand. Seltsam, welch ein widerwärtiges Fieber diese Vorstellung in sein Blut legte; ein Fieber, das die Glieder schwer, die Lippen trocken machte. Eine durchsichtige Dämmerung lag jetzt über der Wiese, irgendwo in einem Gewässer klagte eine Unke leise vor sich hin, am farblosen Himmel hing der Mond bleich und unregelmäßig wie abgegriffen. Vom Walde her kamen Schnepfen; sie flogen drüben in das Erlengebüsch, eine, und jetzt wieder eine. »Warum schossen die beiden dort nicht?« fragte sich Arwed. Dieser Gedanke stach ihn wie mit Messern, er begann vorwärts zu gehen, vorsichtig wie auf der Pürsch, hinter den kleinen Tannen Deckung suchend. Nun war er dem Erlengebüsch ganz nahe, und er spähte, von einem Wacholdergebüsch verborgen, zu dem Platz hinüber, wo die beiden stehen mußten. Ja, nun sah er sie, und er wußte es im selben Augenblick, er hatte es erwartet, sie so, gerade so zu sehen, und er sah sie mit einer qualvollen Deutlichkeit. Rita stand da, sehr schlank in ihrem braunen Paletot, die Arme hingen schlaff am Körper nieder, den Kopf hielt sie ein wenig zurückgebogen, und über dem Gesicht mit den geschlossenen Augen lag der seltsame hilflose Traumausdruck. Frank stand vor ihr, hielt sie an beiden Schultern fest, beugte sich über sie und küßte sie. Unerträglich deutlich sah Arwed das alles, sah die Spitzen an Franks Schnurrbart, sah den großen Ring an seiner linken Hand, Ritas Filzhut am Boden, ringsum die Erlen mit Blütentrauben wie mit Glöckchen behängt. Dann schloß er plötzlich die Augen, als schmerzten sie ihn. Er wandte sich ab und begann eilig dem Walde zuzugehen. Er fand, daß es plötzlich kalt geworden war, schauerte in sich zusammen und schlug den Kragen seines Paletots hinauf.

Im Walde herrschte schon tiefe Dämmerung. Aus dem Moose stieg ein starker, feuchter Duft auf. In den großen, schwarzen Tannen raschelte leise der Abendtau. »Das mußte guttun«, dachte Arwed, hier wollte er so vor sich hin gehen, gehen und nicht denken, ringsum die dunklen Baumgestalten mit ihrem beruhigten Flüstern – gehen und nicht denken, das mußte doch möglich sein, wir müssen doch etwas wegschieben können, das wehe tut. Sich gedankenlos von der Dunkelheit zudecken lassen wie dieser nächtliche Wald, das war es, was er wollte.

So eilte er vorwärts, gerade hinein, wo der Wald am dichtesten war. Der Mond mußte höher gestiegen sein, denn zuweilen lag ein Lichtflitter auf dem Moose, dann wurde aber die Finsternis wieder so schwarz, daß Arwed nur mit Mühe seinen Weg finden konnte. An dem Dufte spürte er es, wenn er an einer Birke vorüberkam, die dort im Dunkel stand. Etwas berührte seine Wange wie mit weichen kleinen Tierpfoten, das war dann ein blühender Weidenzweig, der ihn streifte. Er kam an einer hellbeschienenen Waldlichtung vorüber, über der weißer Nebel lag, und ein Fuchs ging langsam und nachdenklich darüber hin, als wate er durch weiße Watte. Ein Rehbock schreckte auf, brach durch das Unterholz und begann böse und leidenschaftlich zu schmälen. Arwed blieb stehen und lauschte. Ja, wer so laut und leidenschaftlich und böse in die Nacht hinausschreien könnte, wer den ganzen schlafenden Wald für einen Augenblick mit seinem Zorn erfüllen könnte, dem mußte wohl sein. Und er wurde sich dessen bewußt, daß er die ganze Zeit über nichts anderes gedacht, nichts anderes gefühlt, nichts anderes gesehen hatte als das Bild dort an den Erlenbüschen. Er hatte gekämpft, davon loszukommen, es tat weh, es machte unendlich müde und ließ ihn doch nicht los. Er setzte sich auf einen Baumstamm, er wollte eine Zigarette rauchen und kühl und vernünftig überlegen. Er ersann sich Reden, die er Rita halten wollte, sehr hochmütige, schneidend kalte und höhnische Reden, oder er wollte Frank etwas antun; er hätte ihn ja gleich dort bei den Erlen erschießen können. Ein anderer hätte das vielleicht gekonnt. Das war es. In Arweds erregten Gedanken sprach da einer hinein, der auch in ihm saß und scheinbar ein gänzlich Unbeteiligter war, der höhnte und verachtete: Natürlich kannst du und wirst du von all dem nichts sagen und nichts tun, es wird bei der alten jämmerlichen Geschichte bleiben. Arwed sprang auf und eilte weiter, einen Augenblick besann er sich, wo war er denn? War das nicht der Weg zum Katzensee, dem schwarzen Wasser, das mitten im Walde lag? Merkwürdig, warum war er auf diesem Wege? Wollte er am Ende –? Wenn er das wirklich wollen könnte. Ihm wurde ganz seltsam zu Mute, es war wie ein leichter Schwindel, als schaute er in eine Tiefe hinab. Aber warum sollte er das nicht wollen? Andere taten das auch, und dann wäre er sich und den ganzen Jammer los. Du tust es ja doch nicht, wendete der gänzlich Unbeteiligte ein, aber Arwed wollte daran festhalten. Wir wissen nie, was wir wollen können, was wir tun werden. Den beiden zu Hause geschähe es schon recht, wenn er es täte. Man wird ja sehen. Jedenfalls wollte er bis zu dem See gehen, und er eilte weiter in einer Erregung, die fast wohl tat, als erwartete ihn dort am Katzensee etwas Spannendes, Überraschendes, das zu erleben er ungeduldig war.

Als er unter den Bäumen hervortrat, lag ein Stück Sumpfland vor ihm, mitten darin ein kleines Wasser.

Grell vom Monde beschienen, nahm es einen harten metalligen Glanz an. Ringsum dampften die Nebel, diese weißen Schleier, die das Mondlicht auffingen, regten sich ganz sachte, wallten und atmeten. Das lautlose Leben des bleichen Lichtes da zwischen den regungslosen schwarzen Baumwänden war unwahrscheinlich wie eine Traumvision. Arwed blieb ein wenig erschüttert stehen. Hier, ging es ihm durch den Sinn, hier kann alles geschehen.

Plötzlich bemerkte er, daß sich dort am Rande des Wassers etwas bewegte. Eine Gestalt richtete sich auf, ein Mädchen war es. Arwed wunderte sich nicht darüber, wie wir uns im Traume über nichts wundern, weil wir das Unerwartete doch heimlich erwarten. Das Mädchen stand da in einem kurzen Rock, die nackten Füße sehr weiß auf dem schwarzen Moorboden. Ein dunkles Tuch zog es sich fester um die Schultern und trat behutsam dicht an das Wasser heran. Jetzt stand die Gestalt im vollen Licht, sie hob die nackten Arme empor, faltete die Hände über den Kopf und legte sie auf ihren Scheitel. Den Kopf zurückgebogen, schaute sie zum Monde auf, und auf dem runden hellbeschienenen Gesicht lag es wie tiefer Ernst und zugleich der Ausdruck einer gespannten Aufmerksamkeit, der Ausdruck eines Menschen, der mit schmerzhafter Anstrengung auf etwas wartet. »Das ist ja die blonde Marie von der Mühle«, dachte Arwed. Im Wasser erhob jetzt ein Frosch laut seine verdrießliche knarrende Stimme, als machte es ihm Freude, etwas Mißtönendes und Unfreundliches in die Feierlichkeit der Mondnacht hineinzurufen. Die blonde Marie ließ die Arme sinken, schaute auf das Wasser nieder und horchte regungslos, bis der Frosch kurz abbrach und schwieg. Dann trat sie wieder ein wenig vor, das Wasser mußte ihre nackten Füße berührt haben, denn sie schauerte in sich zusammen und bedeckte die Augen mit den Händen. »Fräulein Marie«, sagte Arwed und kam näher. Das Mädchen hob den Kopf und lauschte. Arwed stand jetzt dicht hinter ihr. »Fräulein Marie, was tun Sie?« Marie wandte sich nach ihm um. »Oh, Sie sind es«, meinte sie, und die Stimme klang verdrossen wie die eines Menschen, den wir aus tiefem Schlafe wecken. »Mädchen, das dürfen Sie nicht tun«, sagte Arwed und griff nach ihrem Arm, und sie ließ es geschehen, ließ sich willig fortziehen, als sei plötzlich alle Kraft von ihr gewichen. Arwed hob einen grauen Mantel, der neben ihr am Boden lag, auf und hüllte sie hinein. »Nein, so etwas tun wir nicht«, meinte er, als spräche er heiter einem Kinde zu. Er führte sie über die Lichtung in den Schatten der Bäume hinein, dort lag ein vom Winde geworfener Fichtenstamm, und auf diesen setzten sie sich.

Marie seufzte tief, so tief, als wollte sie ihren ganzen Körper mit Frühlingsluft volltrinken, und lehnte sich dann ein wenig schwer an Arweds Schulter.

»Mußte das sein?« fragte Arwed leise.

Marie zuckte die Achseln. »Ach, es wird ja doch nicht besser, was kann man da machen. Aber ich hätte es getan.«

»Ist es um den Gerichtsschreiber Mieksche?« fragte Arwed weiter.

Marie nickte. »Mieksche«, meinte sie müde, »ist ein schöner, aber schlechter Mensch, und so ...«

»... Ja, ja, und so kommt es«, bemerkte Arwed nachdenklich. Sie schwiegen und schauten auf den weißen Reigen des Nebels hinaus. Plötzlich begann der Frosch im Wasser laut seine verdrießliche Nachricht in die Nacht hinauszurufen. Marie lächelte ein wenig. »Der«, sagte sie, »fing auch an zu rufen. Als er schwieg, wollte ich warten, bis er wieder ruft, dann wollte ich's tun.«

»Und wie war es?« forschte Arwed. »Was fühlten Sie?«

Marie schloß die Augen. »Ich weiß es nicht, es ist fort, ganz fort. Aber Sie, warum sind Sie hier? Wollten Sie auch – –« Da Arwed schwieg, fuhr sie in ihrer eintönig singenden Weise zu sprechen fort: »Ach ja, jeder hat seinen Kummer. Aber, warum muß das so sein. Der eine ist schön, und der andere muß deshalb unglücklich sein und wie krank, und kann nicht mehr leben. Warum?«

»Ja, warum?« wiederholte Arwed.

Dann saßen sie wieder aneinandergelehnt, schweigend da, vor sich das Weben des bleichen Lichtes um die blanke Scheibe des Sees, hinter sich schwarz den Wald. Und durch die Dunkelheit irrten heimliche Töne, ein Rauschen, ein Knistern, ein Rascheln, eine beständige, leise Bewegung wie die Unruhe von Schlafenden, denen der Frühling das Blut erhitzt. Dort irgendwo rann ein Wasser wach und eifrig, als ließe die Lebenslust ihm keine Ruhe und es mußte in die Finsternis hineinlachen. Über den Wipfeln aber erklang das pfeifende Schwingen eines Wildentenzuges. Sie mochten in ihrem stillen Waldtümpel vor dem Dufte der Birken und des jungen Schiffes nicht Schlaf finden und mußten auf und sehr hoch und sehr schnell in die weiße Mondnacht hinausfliegen.

»Vielleicht«, sagte Marie langsam wie aus dem Traume heraus immer noch mit geschlossenen Augen, »vielleicht kann man es doch ertragen, daß – daß ...«

»... daß der Mieksche so schön ist, ja, das werden wir ertragen müssen«, ergänzte Arwed.

Er nahm Mariens Hände, die schwer und warm, wie schlafend in den seinen lagen, sie lächelte ein wenig.

»Dann«, meinte sie, »kann der da unten im Wasser wieder rufen. Wir kommen nicht. Wir bleiben hier, bei den anderen.«

FÖHN

Kora ging auf die Gartentreppe des Landhauses hinaus. Sie hatte das an diesem Sonntagnachmittag schon häufig getan. Immer wieder mußte sie dort stehen, um sich in dem starken warmen Winde zu baden, um zu fühlen, wie der Wind ihre Kleider zauste und ihr die blonden Haarsträhnen um die Stirn wehte. Jetzt war der Garten schon ganz finster, aber es war eine seltsam bewegte Dunkelheit. Die tintenschwarze Masse der Parkbäume regte sich und wogte. Darüber am helleren Himmel war es ein wildes Ziehen und Jagen riesiger Wolkengestalten, und um die Obstbäume an den Gartenwegen flirrte und schimmerte es weiß in der Dämmerung von fliegenden Blütenblättern. Dazu das mächtige Rauschen, das plötzlich anschwoll, dann müde wurde, um wieder anzuschwellen, als kämen große neue Stimmen, um neue Erregung in die Finsternis hineinzurufen. Irgendwo im Park sang ein Wasser vor sich hin, und in der Luft pfiff der eilige Flügelschlag verspäteter Zugvögel.

Kora bog den Kopf zurück, schloß die Augen und öffnete die Lippen. Dieses Wehen legte eine fast schmerzhafte Unruhe in ihr Blut, etwas wie ein atemloses Warten. Hier in der Dunkelheit jagten doch Ereignisse dahin, riefen einander zu. In diesem warmen Hauch des Windes, in dem starken Duft der feuchten jungen Blätter lag es wie geheimnisvolle Versprechungen, wie unverständliche Freuden. Kora seufzte tief auf.

Für sie war das ja doch nichts. Wenn man sechzehn Jahre alt ist, ist man von allem ausgeschlossen. Wie lange konnte sie doch hier stehen, sie mußte ja doch wieder ins Haus, und dort – mein Gott! Ein Sonntagnachmittag ist nie angenehm, er birgt eine gewisse Melancholie in sich, als sei etwas Erwartetes nicht gekommen. Aber heute war es ganz arg. Alle Menschen waren so gereizt, abweisend und mit sich selbst beschäftigt. Kora fühlte sich überflüssiger denn je, und doch bedurfte sie gerade heute mit ihrer seltsamen Unruhe im Blute freundlicher Menschen, zu denen sie sprechen konnte und die ihr zärtliche, hübsche Dinge sagten. Aber wo war das zu haben. Sie seufzte noch einmal tief auf und ging dann widerwillig und gelangweilt die Füße voreinander setzend in das Haus hinein.

Im Salon fand Kora das Brautpaar, Agnes, ihre ältere Schwester, und den Lieutenant. Der Lieutenant stand am Kamin sehr würdig und gerade, wie er das zuweilen konnte. Agnes saß fern von ihm in einem Sessel. Das hübsche Gesicht war gerötet, in den blauen Augen flakkerte ein erregter scharfer Glanz. Sie hatten laut gesprochen, jetzt schwiegen sie beide und sahen Kora streng an. »Gut« dachte Kora, »sie streiten sich. Natürlich.«

»Ich habe noch nie jemand gekannt«, bemerkte der Lieutenant, »der es so wie Kora versteht, beständig durch alle Türen hereinzukommen.«

»Ich geh' ja schon«, sagte Kora und zuckte, so ironisch sie konnte, die Achseln. Im Wohnzimmer schien es auch nicht gemütlich herzugehen. Die Eltern saßen dort. Der Vater las einen Brief vor. Die Mutter hatte kleine, rote Flecken auf den Wangen und machte ihr feierliches und gereiztes Gesicht, das sie stets zu machen pflegte, wenn sie ganz anderer Ansicht als der Vater war. Auch hier verstummte man, als Kora eintrat. Der Vater schaute über seinen Kneifer hinweg scharf zur Türe hin und fragte: »Was willst du?« – »Nichts«, erwiderte Kora, »ich gehe nur durch.«

»Geh eben nicht durch«, meinte der Vater. Was blieb Kora übrig? Sie mußte jetzt jemand haben, mit dem sie sprechen konnte, sie fühlte sich zu unglücklich. Sie stieg daher die Treppe zum großen Giebelzimmer hinauf, das sie hier auf dem Lande mit Fräulein Marr teilte. Fräulein Mali Marr war Koras Erzieherin, aber sie war nur selten Erzieherin, meist war sie das schönste und von Kora am leidenschaftlichsten geliebte Wesen des Hauses. »Fräulein«, hatte Kora einmal zu ihr gesagt, als die Zärtlichkeit zu der Freundin besonders heiß in ihr aufstieg, »Fräulein, ich glaube, die Liebe, die ist ganz so wie Sie.« Fräulein Marr allerdings hatte das nicht gut aufgenommen, sie hatte die Erzieherin hervorgekehrt und in dem trockenen Tone, in dem sie sonst zu fragen pflegte, »Wann regierte Karl der Große?« gesagt: »In deinem Alter könntest du auch schon taktvoller sein.« Jetzt aber sehnte Kora sich unendlich, ihren Arm um Fräulein Marrs Taille und ihren Kopf an Fräulein Marrs Schulter zu legen.

Im Giebelzimmer saß Fräulein Marr an ihrem Schreibtisch, stützte den Kopf in die Hand und starrte in das Licht der Lampe. Als sie die Tür gehen hörte, schrak sie zusammen und wandte Kora ein tränenüberströmtes Gesicht zu. »Oh, Fräulein«, rief Kora leidenschaftlich, als wollte sie Fräulein Mali vor allem Bösen schützen, »ich – ich will hier bei Ihnen bleiben.« »Liebes Kind«, erwiderte das Fräulein und wandte sich schnell wieder ihrem Schreibtische zu, »ich habe hier einen Brief zu schreiben, du kommst vielleicht ein wenig später.«

Kora wandte sich auf dem Absatze um und ging hinaus, und als sie die Treppe hinabging, fühlte sie, wie der Zorn heiß in ihr aufstieg und ihr die Tränen in die Augen trieb. Was war das heute? Was hatten sie nur alle? Es sah ja so aus, als sei sie verfemt, als könne niemand sie brauchen. Was konnte sie dafür, daß sie sechzehn Jahre alt war und noch nicht verlobt wie Agnes, und nicht verheiratet wie die Eltern, und nicht verliebt wie Fräulein Mali. Aber irgendwo mußte sie doch auch sein, wenn man auch sechzehn Jahre alt ist, man ist doch ein Mensch. Sie beschloß, zu Lina, der kleinen Kammerjungfer, zu gehen und über das neue Osterkleid zu sprechen.

In Linas Zimmer schlug Kora ein starker Zugwind entgegen, die Fenster waren weit offen. Die flammende Lampe flackerte und dampfte und Papiere tanzten wild durch das Zimmer. Lina selbst lag im offenen Fenster. Sie hatte sich so weit hinausgebeugt, daß ihr Kopf im Dunkeln verschwand und ein leises, hohes, ununterbrochenes Lachen klang wie das Rinnen eines lustigen Wassers in das Rauschen des Windes hinein. Sie mußte aber das Öffnen der Tür gehört haben, denn sie richtete sich jäh auf, ihr Gesicht war rot, im zerzausten Haar hing ein welkes Herbstblatt, das der Wind drüben in der Allee aufgelesen haben mochte. Verwirrt legte sie den Handrücken auf die Augen und rief: »Ach Gott, Komteßchen ist's«.

»Es ist nichts, Lina, bleiben Sie nur«, sagte Kora und ging. Auch hier war sie unwillkommen. Nun blieb ihr nur das Schulzimmer übrig. Sie wußte, dort würde sie ihren fünfzehnjährigen Bruder Egon finden, auch ihm würde sie ungelegen kommen, wahrscheinlich würden sie sich streiten, aber das war ihr gleich.

Egon saß am Schultische und schrieb eifrig in ein Heft. Sein schmales Gesicht war leicht gerötet, das blonde Haar stand wirr empor. Kora setzte sich ihm gegenüber, stützte das Gesicht in beide Hände und schaute ihn an. Auch Egon schaute sie an, streng und unzufrieden. Dann legte er den Bleistift fort, klappte das Heft zu, kreuzte die Arme über der Brust und kniff die Lippen fest zusammen, um sein Schweigen zu unterstreichen.

»Du hast natürlich gedichtet«, begann Kora. Egon antwortete nicht. »Natürlich ein Liebesgedicht an Fräulein. Nur schade, daß sie einen anderen liebt.«

»Wer sagt das?« fuhr Egon auf.

Kora zuckte die Achseln. »Ich sage das. Sie liebt doch den Herrn von Staffen, den Forstvolontär.«

»Den Affen!« warf Egon ein.

»Affe oder nicht«, fuhr Kora fort, »die Hauptsache ist, daß sie ihn liebt und nicht dich. Sie sitzt jetzt oben und weint und ist unfreundlich, wie übrigens alle heute abend.«

Da Egon nicht antwortete, so schwiegen jetzt beide, schauten in das Licht der Lampe und horchten auf den

Wind, der draußen jauchzte und rauschte und an den Fenstern rüttelte, als wollte er in all seiner Ausgelassenheit in die stille Schulstube zu den beiden nachdenklichen Kindern eindringen. Aus dem Salon klangen Klaviertöne herüber, jemand spielte ein Chopinsches Prélude.

»Aha«, sagte Kora, »jetzt spielt Agnes schon das Prélude, wenn sie das spielt, dann haben sie sich gründlich verzankt. Ich verstehe nicht, warum das sein muß, daß, wenn man verliebt ist oder verlobt ist, daß man dann traurig ist und unfreundlich, das ist doch was Gutes und müßte einen freundlich machen.«

»Die Liebe ist eben ein Kampf«, klang es ernst von Egons Lippen.

Verwundert schaute Kora auf: »Wo hast du das her? Das ist natürlich ein Unsinn. Warum soll eine Verlobung ein Kampf sein?«

»Liebe ist eben mehr als Verlobung«, bemerkte Egon feierlich, »aber das kannst du nicht verstehen.«

»Ich will es auch gar nicht verstehen«, erwiderte Kora gereizt. Dann trat wieder eine Pause ein, und nur der Wind hatte wieder das Wort, das Wort mit der großen, unverständlichen und schwülen Lustigkeit.

»Warst du auch da draußen«, begann Kora endlich wieder, aber leise, als handelte es sich um etwas Geheimes, »hast du es auch gespürt, wie es einen faßt an die Beine, an die Arme, und das Herz schlägt einem bis an den Hals hinauf, und ich weiß nicht, man möchte etwas tun.«

Egon nickte, dann errötete er ein wenig. »Ja, ich weiß«, sagte er leise und zögernd, »und – weißt du, was ich dort im Garten dachte, was ich wollte? Ich wollte, es hätte sich jemand dort in dem Dunkel und Winde verirrt, aber ganz verirrt, so daß er nicht weiß, wo er ist, und er läuft umher und ängstigt sich und ruft, und dann komme ich und nehme ihn und schütze ihn, und die Dunkelheit und der Wind sind dann nicht mehr schrecklich, sondern befreundet.«

»Jemand? Fräulein natürlich«, bemerkte Kora. Da Egon nicht antwortete, fuhr sie nachdenklich fort. »Ach ja, das mag gut sein. Man irrt da draußen umher, und dann kommt einer, und es ist alles wieder gut. Das ist vielleicht, was man will, wenn man da draußen im Dunkeln steht.«

Wieder schauten die beiden Kinder schweigend in das Licht der Lampe, beide sehr ernst, die Augen seltsam blank und durchsichtig.

Jetzt ertönte eine Glocke. »Wir müssen zum Abendessen gehen«, sagte Kora. Sie stand auf, hob die Arme in die Höhe, reckte sich und meinte: »Ach Gott, wenn ich an die bleiche Kalbsfrikassee denke, die wir heute Abend haben, dann scheint es mir, als könnte es im Leben niemals etwas Schönes geben.«

Zur Abendmahlzeit versammelte sich eine erhitzte und ziemlich schweigsame Familie. Nur der Vater versuchte es, ein wenig Leben in die Unterhaltung zu bringen. »Ja, dieser Südwest, dieses abnorme Wetter. So was fühle ich in meinem linken Fuße vierundzwanzig Stunden voraus. Ein jeder fühlt es, glaube ich, nicht wahr? Jeder hat sein Zipperlein, er hat es auf seine Weise, aber er hat es. Haha! Wie steht es mit Ihnen, Fräulein?« Immer wenn die Familie nicht aufmerksam genug war, fing der Vater an, Fräulein Marr ein wenig den Hof zu machen. Fräulein Marr erwiderte abweisend, ohne die Augen aufzuschlagen: »Allerdings, dieser Scirocco macht nervös.« Das klang so gouvernantenhaft, daß es Kora schmerzte. Nun erzählte der Vater von früheren Sciroccos seiner Jugend, und da niemand zuhörte, begann er plötzlich den Diener zu schelten, weil die Messer nicht scharf waren und kleine Korkstücke sich im Rotwein vorfanden. All das hatte Kora schon häufig erlebt, heute aber erschien es ihr von einer ganz aussichtslosen Alltäglichkeit, aus der es für sie kein Entrinnen gab.

Als die Mahlzeit zu Ende war, begann in den Zimmern ein seltsam unruhiges und zweckloses Hin- und Hergehen. Ein jeder stand einmal am Fenster, schaute in die Dunkelheit hinaus und sagte: »Nein, dieser Wind.« Endlich zog sich das Brautpaar in den Salon zurück, um sich zu versöhnen. Fräulein Marr verschwand. Egon saß zwischen seinen Eltern, behauptete, Kopfweh zu haben, und ließ sich verwöhnen.

Kora wußte nicht, was sie mit sich anfangen sollte. Sie nahm ein Buch und setzte sich in eine Ecke des Wohnzimmers. Allein sie konnte nicht lesen, sie dachte nach, sie dachte über sich nach, sie horchte in sich hinein. Sie mußte sich sehr über sich selber wundern. Was war denn geschehen, und was konnte denn geschehen? Nichts, gar nichts. Der gewöhnlichste aller Sonntage war vorüber, und der gewöhnlichste aller Montage würde kommen. Und dennoch entdeckte sie in sich etwas wie ein gespanntes Warten, sie wußte nicht, worauf, einen Zorn über etwas, das nicht kam, das sich vor ihr versteckte, um das sie betrogen wurde. Kora lehnte ihren Kopf auf die Stuhllehne zurück, ihr rundes Gesicht war ganz bleich und die Lippen sehr rot. Ach, so unverständlich war sie sich noch nie selbst vorgekommen. Und wie das müde machte, dieses Herumraten an sich selber.

Als es Schlafenszeit war, stieg Kora zu ihrer Giebelstube hinauf. Dort saß Fräulein Mali Marr im weißen Nachtkleide vor dem Spiegel und bürstete ihr langes, blondes Haar, bürstete es langsam und stetig und schaute dabei in den Spiegel mit so starr verträumten Augen, als sähe sie in eine weite Ferne hinab, aus der langsam etwas auf sie zukam. Kora stand und betrachtete die weiße Gestalt, und es schien ihr, als läge über dieser Gestalt etwas von dem erregt Geheimnisvollen, das Kora heute ersehnte und doch nicht verstand.

»Gute Nacht«, sagte Kora leise.

Fräulein Marr wandte sich um: »Gute Nacht, mein Kind«, sagte sie, und dann breitete sie die Arme aus und umschlang Kora so leidenschaftlich wie nie zuvor. »Gute Nacht, mein Kind«, wiederholte sie. Kora traten die Tränen in die Augen. Das war ja ergreifend wie ein Abschied, wie ein Abschied vom Forstvolontär.

Nun ging Kora zu Bette. Sie drückte sich fest in ihre Kissen, sie machte sich ganz klein. Hier würde sie Schutz finden vor allem dem Unklaren und Unruhigen, das sie heute gequält hatte. Vor den Fenstern sang noch immer der Wind. Kora schloß die Augen, aber sie mußte sie von Zeit zu Zeit immer wieder öffnen, um zu sehen, ob das Fräulein noch vor dem Spiegel sitze und ihr Haar bürste. Ja, das Fräulein saß immer noch vor dem Spiegel, bürstete langsam und stetig ihr Haar und schaute in den Spiegel wie in eine weite Ferne. »Merkwürdig«, dachte Kora, »was sie nur hat. Gut, sie liebt den Forstvolontär, aber kann man so Stunden dasitzen und immer lieben, nichts als lieben, wie ist das? Ob es der Gärtner war, mit dem Lina am Fenster sprach. Wie nur Egon darauf gekommen war, auf das Umherirren im Dunklen. Das war hübsch. Man irrt und irrt und ruft und streckt die Arme aus in das Dunkel, das warm und schwarz ist, und dann plötzlich kommt jemand – ach ja, es ist ja der Forstvolontär.«

Kora fuhr auf, sie mußte ein wenig geträumt haben. Das Zimmer war finster, Fräulein mochte wohl das Licht ausgelöscht haben und zu Bett gegangen sein. Aber da war ein leiser Ton im Zimmer, ein Rascheln, etwas wie behutsame Schritte, nun waren sie an der Türe, jetzt ging die Türe, leise öffnete sie sich und schloß sich wieder. Draußen die Stufen der Treppe knarrten.

Kora richtete sich in ihrem Bette auf, sie lauschte, eine große Aufregung schnürte ihr die Kehle zu, und sie hörte sich selbst klagend sagen: »Fräulein geht hinaus zu ihm.« Dann ergriff sie eine rätselhafte Unruhe, sie konnte hier nicht in dem dumpfen Zimmer zurückbleiben, wenn draußen in dem Rufen und Klingen der Nacht geheimnisvolle Feste gefeiert wurden. Nein, sie wollte nicht immer ausgeschlossen sein.

Hastig kleidete sie sich an und schlich mit klopfendem Herzen die Stiege hinab in den Garten.

Das starke Wehen benahm ihr den Atem, auch das Vorwärtskommen war mühsam. Es schien Kora, als müßte sie gegen den Strom durch ein schwarzes, lauwarmes Wasser schwimmen. Aber es trieb sie eilig fort die Gartenwege entlang, an den bewegten weißen Gestalten der blühenden Obstbäume vorüber, als suchte sie etwas, bog eilig um die Ecken, ging über feuchten Rasen, ohne Gedanken, nur mit der rastlosen Bewegtheit im Blute, die auch über ihr und um sie her im Rauschen der seltsamen Nacht wach war. Jetzt dort die große schwarze Gestalt, aus der ein tiefes und beruhigtes Rauschen klang, mußte die alte Ulme sein, Kora blieb einen Augenblick stehen. Dieses Rauschen klang fast mütterlich. Und dann plötzlich kam ein anderer Ton, eine Stimme, und ja, das war Fräuleins Stimme, aber wie seltsam verändert war sie, in ihr klang eine fremde Melodie, etwas wie ein süßes, müdes Singen:

»Ach, Liebster, nun habe ich alles auf dich gesetzt, aber das ist gleich. Was vor dieser Nacht war, zählt nicht, und was nach ihr kommt, zählt auch nicht. Wozu auch, warum müssen wir auch immer mehr als ein Jetzt haben.«

Kora stand da, ihre Knie bebten ein wenig, ihre Lippen wurden trocken vor Erregung, dann wandte sie sich um und lief wieder den Weg hinab, getrieben von Furcht, von schlechtem Gewissen, von unsagbarer Aufregung. Nun kam sie an den Fliederbüschen vorüber, die mit ihren jungen Blättern kindisch und geschwätzig zu rauschen versuchten, und in dieses Wispern hinein klang ein hohes, gleichmäßiges Lachen wie das Plätschern eines lustigen Wassers. Kora kannte dieses Lachen. »Alle sind sie draußen«, dachte sie, »dort stehen sie hinter den Büschen und flüstern mit den schwülen, seltsam veränderten Stimmen.« Sie lief weiter, allein eine große Müdigkeit machte ihr plötzlich die Glieder schwer. Sie setzte sich auf eine Bank, schlug die Hände vor das Gesicht und weinte. Es war ihr, als sei ihr ein großes Unrecht geschehen, und doch, es war fast wohltuend, so dazusitzen und zu weinen. Der Kirschbaum über ihr streute ihr seine Blütenblätter in das Gesicht, die sich wie kleine kühle Lippen auf ihre Stirn legten.

»Ach, Komteßchen sitzt hier ganz allein und weint«, tönte eine Stimme. Kora nahm die Hände vom Gesicht und sagte leise: »Ja, Lina, ich – ich bin auch herausgekommen.«

»Schwer ist's in solch einer Nacht im Zimmer zu bleiben«, meinte Lina.

»Ihr seid alle draußen?« frage Kora zagend. –

»Ja, ach ja«, antwortete Lina, »heute nacht geht es nicht anders. Aber jetzt müssen Komteßchen schlafen gehen.« –

»Ja, Lina.«

Mühsam erhob sich Kora, und auf die kleine Kammerjungfer gestützt ging sie dem Hause zu. Lina plauderte unterwegs weiter.

»Herauszukommen und allein dazusitzen und zu weinen. Ja, in solch einer Nacht mag es wohl schwer sein, aber da ist nichts zu machen, Komteßchen haben keine Verhältnisse.«

PRINZESSIN GUNDAS ERFAHRUNGEN

Der Erbprinz Albert ging mit kleinen ungeduldigen Schritten in seinem Salon auf und ab. Heute war Hofball im Schlosse, und bei solchen Gelegenheiten regte ihn stets der Gedanke auf, seine Damen, besonders seine drei Töchter, könnten sich verspäten. Er wußte, wie sehr sein Vater, der Großherzog, auf Pünktlichkeit hielt und wie gern er die alte Redensart von der Höflichkeit der Fürsten usw. zu wiederholen liebte. Als die Tür ging, blieb der Prinz erwartungsvoll stehen. Die Prinzessin Elvira, seine Gemahlin, trat in das Zimmer, sehr aufrecht und ernst in ihrem weinroten Samtkleide; im leicht ergrauten Haar ein Diadem von Rubinen und Diamanten. So in großer Toilette war die Prinzessin sehr imposant, das fühlte auch ihr Gemahl und sprach daher französisch: »Ah, vous voilà, ma chère, j'espère que les enfants ...« Aber die Prinzessin unterbrach ihn: »Oh, wir haben genug Zeit«, meinte sie und begann ganz langsam im Zimmer auf und ab zu gehen, als wollte sie ihrer langen Samtschleppe vorsichtig Motion machen. Im gewöhnlichen Leben hielt die Prinzessin darauf, eine gute Hausfrau zu sein, selbst nach dem Rechten zu sehen, ja zuweilen selbst Hand anzulegen. Sie erzog ihre Kinder sehr streng und gab dem ganzen Hauswesen etwas bürgerlich Geordnetes. Galt es jedoch zu repräsentieren, dann fühlte sie ihr königliches Blut wie etwas, das sie feierlich und unnahbar machte.

Jetzt war sie tief in Gedanken, die ihr Gemahl nicht zu stören wagte. Endlich blieb sie stehen und sagte: »Die gute Baronin Rost hat nun auch unter die Tänzer der Kinder den jungen Grafen Lütke aufgenommen. Dagegen wäre nichts einzuwenden, er ist zwar sehr jung, aber mit Hildegard und Adelheid hat er ja schon getanzt, nur Gundas wegen bin ich besorgt, es ist ihr erster Hofball, und dann – das Kind ist so unzuverlässig, es ist, als läge die Inkorrektheit ihr im Blut, toujours des gaffes, ich glaube manchmal, sie setzt etwas darein, Dinge zu tun und zu sagen, die man nicht tut und nicht sagt.«

»Nun, nun«, beruhigte der Prinz, »sie wird sich zusammennehmen, und die Schloßluft wird das Ihre tun. Dort atmet man ja Korrektheit ein.«

Der Prinz lachte über seine Bemerkung, die Prinzessin aber blieb ernst und nahm wieder ihren nachdenklichen und feierlichen Gang durch das Zimmer auf. »Jetzt kommen sie«, sagte der Prinz, und wirklich, es erschienen die Baronin Rost, Hofdame der Prinzessin, und die Prinzessinnen Hildegard und Adelheid. Die Mädchen in ihren grünen Kreppkleidern, flimmernd von Edelsteinen, waren hübsch und blond. »Gunda natürlich fehlt«, sagte die Prinzessin.

»Die Prinzessin Kunigunde ist gleich fertig«, meldete die Baronin und machte ein trauriges und verantwortliches Gesicht. Gunda hatte sich allerdings verspätet, denn sie war während des Ankleidens so ausgelassen, daß die Kammerfrau ihre liebe Not hatte. Gunda hatte immer wieder etwas der alten Frau Müller zu sagen, die der Toilette beiwohnte. Frau Müller war Kammerfrau bei der verstorbenen Großherzogin gewesen, dann bei der Prinzessin Elvira, und endlich wurde sie zu einer Art Kinderfrau und Faktotum. Gunda liebte Frau Müller sehr, die alte Frau war so gemütlich, und dann, wenn man mit ihr allein war, machte sie Witze und erzählte Geschichten, die klangen, als kämen sie aus einer Welt, die köstlich weit von dem strengen Prinzenpalais ablag. »Beim Tanzen muß aber mein Prinzeßchen vorsichtig sein«, sagte Frau Müller, »daß nicht ein Unglück geschieht.« – »Unglück«, meinte Gunda, »was soll denn geschehen, dafür haben doch die Tänzer zu sorgen.« Die alte Frau nickte bedeutungsvoll: »Die armen jungen Herren! Ich weiß von einem, der mit einer Prinzessin beim Tanzen hingefallen ist und sich das so zu Herzen genommen, daß er sich erschossen hat. Ja, so was kommt vor.«

»Muß der dumm gewesen sein«, bemerkte Gunda. Jetzt war sie fertig und ging in den Salon hinüber. Dort war man gegen sie gereizt, weil sie so spät kam. Aber als sie in das Zimmer trat, mußten doch alle lächeln, so überraschend lustig sah sie aus, die noch kindliche Gestalt im grünen Kreppkleide, das blonde Haar voll Oleanderblüten und Diamanten, das Gesicht rund und rosa mit sehr großen blauen Augen, einer kleinen runden Nase, einem breiten roten Munde, der so undiszipliniert beweglich war wie der Mund eines ausgelassenen Schulbuben. »Gundas Mund«, pflegte der Großherzog von seiner Lieblingsenkelin zu sagen, »sieht nicht aus, als sei er bei Hofe vorgestellt.«

»Enfin!« sagte der Prinz, und dann wurden die Wagen gemeldet.

Gunda fuhr mit ihrer Schwester Hildegard und der Baronin Rost in einem Wagen. Die Frostluft ließ sie leicht zusammenschauern, sie hüllte sich fest in ihren Pelz, im Wagen roch es angenehm nach Leder und alter Seide. Vereinzelte Schneeflocken kamen und legten sich als kleine Sterne auf die Scheiben der Wagenfenster. Draußen lag die Straße im gelben Lichte der Laternen ziemlich traurig und öde da, nur wenig Menschen gingen eilig das Trottoir entlang, Herren mit aufgeschlagenen Pelzkragen, unter einer Laterne stand ein Mädchen mit großem Muff und gähnte. »Melancholisch!« dachte Gunda. »Das Volk, wie der Großvater zu sagen pflegt, ist heute melancholisch.« Sie aber stellte nicht ohne Befriedigung fest, daß in ihr das, was sie das »Fürstliche« nannte, Macht gewann. Sie fühlte es ordentlich wie etwas Kühles und Feierliches, das sich über ihren ganzen Körper verbreitete, etwas wie die Perlenschnur, die, wenn sie sie um den Hals legte, stets einen kleinen Kälteschauer über sie hinlaufen ließ. Sie hatte so viel Ermahnungen hören müssen, daß sie sich wirklich vor diesem Hofball gefürchtet hatte, jetzt wußte sie, daß alles von selbst gehen würde, sie spürte ordentlich ein Uhrwerk in sich, das sie zwingen würde, sich ganz so zu benehmen wie Hildegard und Adelheid, dieselben hübschen, vornehmen Puppenbewegungen zu haben. »Gott sei dank«, dachte sie, »von Minute zu Minute fühle ich mich mehr Puppe werden.« »Also«, sagte sie dann laut, »was man während der Vorstellung spricht, haben wir gründlich durchgenommen, nun weiß ich nicht, was man mit dem Tänzer während des Kotillons spricht.« – »Was soll man da sprechen«, meinte Hildegard, »die Tänzer sind doch zum Tanzen da und nicht zum Sprechen.« Aber die Baronin Rost nahm die Gelegenheit zu einer Belehrung wahr: »Die Dekoration des Saales ist immer ein gutes Thema, oder die Aussichten der Saison. Auch vom Schlittschuhlaufen zu sprechen ist sehr nett.« – »Alma Tharden sagt«, bemerkte Gunda, »bei Kotillongesprächen muß es immer was zu lachen geben.« – »Komteß Alma«, erwiderte die Baronin, »spricht für meinen Geschmack zu viel und zu lebhaft beim Kotillon. Sie ist aber auch keine Prinzessin.«

Jetzt hielt der Wagen vor dem Schlosse. Als Gunda die hellerleuchtete Treppe hinaufstieg an der Leibwache vorüber, die unbeweglich wie rote Nußknacker dastand, an den Orangenbäumen in Fayencekübeln vorüber, deren Laub so angenehm bitter duftete, da konstatierte Gunda noch einmal mit Zufriedenheit, daß das feierliche Prinzessinnengefühl in ihr zunahm. Im kleinen Purpursaale waren die Fürstlichkeiten versammelt. Der Großherzog stand da, noch sehr aufrecht, das Gesicht klein und rosa unter silberweißem Haar. Die Prinzessin Mathilde, seine Schwester, war da im gelben Atlaskleide, und all die Prinzen und Prinzessinnen, man stand beieinander und unterhielt sich zerstreut, ein wenig so, wie Schauspieler sich miteinander unterhalten, kurz vordem der Vorhang aufgeht. Gunda bemerkte, daß die Prinzessinnen jetzt schon die ein wenig steife, aber doch leutselige Halsbewegung machten, die wahrscheinlich bei der Vorstellung nötig war. Gunda versuchte, ob sie sie auch konnte. Ja, sie konnte sie. Als der Großherzog seine jüngste Enkelin begrüßte, lachte er, als hätte jemand einen Witz gemacht, und sagte: »O Gott, o Gott.« – Endlich war der Augenblick da, in den großen Saal hinüberzugehen. Graf Bothe, der Hofmarschall, ging mit seinem Stabe voran, »wie ein großer, goldener Käfer«, dachte Gunda. Der Großherzog reichte der Prinzessin Mathilde den Arm, Gunda mußte mit dem Vetter Emmerich gehen, den sie seines großen semmelblonden Kopfes wegen nicht leiden konnte. Sollte sie ihm etwas Ungezogenes sagen? Nein, das Uhrwerk in ihr ließ das nicht zu. Der hellerleuchtete Saal war hübsch, an den weiß und goldenen Wänden Dekorationen von Teerosen und Maréchal Niel, die wie der Abglanz all der nackten Schultern und Arme und alles Goldes im Saal erschienen. Der Raum selbst kam Gunda vor wie ein großes Bassin voller Farben, duftige, seidige, zarte Farben, dazwischen die derben Farbenstriche der Uniformen. Die Vorstellungen begannen. Das war unterhaltender, als Gunda gedacht hatte. Wenn sie vor eine schöne Dame in großer Toilette hintrat, wurde ein Name genannt und, als würde auf eine Feder gedrückt, wurde die Dame ganz klein, es war, als versänke sie kerzengerade halb in den Erdboden. Gunda machte dann die leichte, ein wenig steife und doch leutselige Halsbewegung und tat ihre Frage: »Haben Sie diesen Winter schon viel getanzt?« »Tanzen Sie gern?« Das war ganz leicht, und sie hätte dieses seltsame Spiel noch gern eine Weile weiter gespielt, es tat ihr fast leid, als es zu Ende war. Nun kam der Tanz, und der war auch gut. Köstlich war es, sich drehen und drehen zu lassen, bis sie schwindelig wurde und der ganze Saal und alle Farben und Gesichter sich mitdrehten. Was die Müller da von Fallen gesprochen hatte! Bei diesen Tänzern hatte man gar nicht das Gefühl, als würde man von den Armen eines Herrn gehalten, sondern es war, als säße man sicher in einem Wagen mit Gummirädern und ließe sich dahintragen. Nur bei dem kleinen Grafen Lütke war es ein wenig anders, da schien es Gunda mehr, als säße sie auf einem gut eingerittenen Pony. Er gefiel ihr, dieser junge Graf mit dem krausen blonden Haar, den verschmitzten braunen Augen und dem rosa Knabengesicht. Er war nicht wie die anderen nur Tänzer, was doch eher ein Mittel, sich fortzubewegen, als ein Mensch ist. Sie freute sich darauf, mit ihm den Kotillon zu tanzen, und nahm sich vor, mit ihm nicht über die Saaldekoration zu sprechen. Mit ihm wollte sie inkorrekt sein. Aber, als der Kotillon kam, sprach sie doch von der Dekoration des Saales und vom Schlittschuhlaufen. Der Graf antwortete förmlich und respektvoll. Plötzlich fühlte Gunda, daß sie der Lust nicht widerstehen würde, etwas zu sagen, was die schöne Haltung des jungen Mannes stören könnte, und gleich darauf hörte sie sich sagen: »Ist es aufregend, mit mir zu tanzen, das heißt, mit Prinzessinnen zu tanzen?« Der Graf lächelte nur ein wenig und meinte: »Verantwortlich ist es, jede Ehre legt uns Verantwortung auf.« – »Ist es so«, fuhr Gunda fort, »als ob Sie eine volle Suppenterrine die Treppe hinauf in den Speisesaal tragen müssen?« Der Graf wurde rot, weil er das Lachen verhalten mußte, und erwiderte: »Das weiß ich nicht, ich glaube aber, das mit der Suppenterrine ist aufregender.« Nun mußten sie tanzen. Er nimmt es leicht, dachte Gunda, was würde er tun, wenn sie wirklich hinfielen? Sie wünschte es fast, und im selben Augenblicke begannen ihre Füße selbständig seltsam wirre Bewegungen zu machen, und dann war es wie in Träumen, wo immer sogleich das geschieht, was wir denken. Dann lagen sie wirklich beide auf dem Parkett. Herren und Damen umringten sie, sie ward gehoben und unterstützt, einen Augenblick sah sie das Gesicht des Grafen Lütke vor sich, kreideweiß, die Augen angstvoll und böse auf sie gerichtet. Sie ward in das Nebenzimmer geführt, Limonade wurde gebracht, sie wurde bedauert, die Prinzessin Elvira kam und tadelte sie. Gunda fühlte sich sehr elend, sie wollte weinen, und das konnte sie hier nicht, darum wollte sie nach Hause. So mußte die Baronin Rost denn sie nach Hause bringen. Heimgekommen, ging Gunda sofort schlafen.

Nach Alleinsein und Dunkelheit sehnte sie sich. Allein der Schlaf kam nicht, immer sah sie das bleiche Gesicht des Grafen vor sich, die angstvollen, gequälten Augen, und sie war an allem schuld gewesen, sie hatte eine wirklich schlechte Tat begangen. Merkwürdig, also so war es, wenn man eine wirkliche Schlechtigkeit beging. Er haßte sie jetzt. Wenn man einen haßt, dann muß man immer an ihn denken, fast so, als ob man jemand sehr liebt. Seltsam war es, sich vorzustellen, daß jemand jetzt ganz stark an sie dachte. Das regte auf, es machte ihr ordentlich heiß. Mitleid für den jungen Mann war es natürlich, aber sie hatte nicht gewußt, daß Mitleid wie Feuer im Blut brennen kann. Sie wollte ihm morgen etwas Tröstendes sagen lassen, Alma würde ihr dabei helfen. Dieser Plan beruhigte sie ein wenig und sie schlief ein.

Am Nachmittag des nächsten Tages fuhr Gunda mit der Baronin Rost nach dem Schlößchen Mathildenburg hinaus, um dort im Park spazierenzugehen. Der Arzt hatte ihr Bewegung in freier Luft verordnet, und so wurde diese Fahrt täglich unternommen. Unterwegs holten sie gewöhnlich Komtesse Alma ab, die Gundas Freundin war. Sie hatten schon als Kinder miteinander gespielt und sagten im intimen Kreise »Du« zueinander. Im Park stiegen sie aus und gingen auf den hartgefrorenen Wegen durch die verschneiten Alleen wie zwischen weißen Musselinwänden hin. Hier war es still und einsam, »weiß und langweilig, wie die Seele der Baronin«, hatte Gunda in einem ungezogenen Augenblick gesagt. Anfangs mußten die Mädchen sich mit der Baronin unterhalten, Gunda jedoch wußte, daß kurz vor Sonnenuntergang, wenn ein zitronengelbes Lichtband am Himmel hing, die Baronin schweigsam und nachdenklich zu werden begann und langsamer ging. »Sie denkt an ihre traurigen Erfahrungen«, meinte Alma. Die beiden Mädchen bekamen dann einen Vorsprung. Kaum war dieser Augenblick da, begann Gunda: »Was ist mit ihm? Was hat er getan?« Alma zuckte die Achseln. »Ich muß es wissen«, fuhr Gunda leidenschaftlich fort, »du wirst ihm das schreiben, ganz gleich, ob das unpassend ist. Morgen, wenn wir hierherfahren, soll er an der Kirche stehen und grüßen, ich will sehen, daß er noch da ist. Mit der ewigen Korrektheit wird man dumm und schlecht.« – »Meine Damen, es ist Zeit zur Heimfahrt«, rief die Baronin Rost. Gunda hatte sich in ihrem ereignisarmen Leben schon zuweilen auf etwas so gefreut, daß ihr die Zeit zu langsam zu verrinnen schien. Nie aber hatte sie eine so ungeduldige Wut gegen die Zeit gefühlt wie jetzt. Sie wünschte, die Zeit wäre etwas, das sie fassen, schütteln und stoßen könnte, zu dem sie sagen könnte: »Laufe!« Endlich war der Augenblick der Ausfahrt da. Sonst sah Gunda durch das Wagenfenster auf die Straßen wie ein Kind, das mit schläfrigen Augen sein altes, schon hundertmal gesehenes Bilderbuch durchblättert. Heute war die Straße interessant, ja sie war aufregend, und wirklich, dort vor der Kirche, im hellen Sonnenschein, bunt und blank, stand ein Husarenlieutenant und machte Honneurs. Gunda grüßte und Alma errötete. Jetzt hatte Gundas Leben einen erregenden Inhalt. Die Frage: »Wird er wieder da stehen?« war es, was sie von einer Ausfahrt bis zur anderen beschäftigte, und dann, an die hübsche, bunte Gestalt im Sonnenschein konnte sie immer denken, sich von der seltsam angenehmen Erregung wärmen lassen. Sie dachte daran während des langweiligen Vortrages über Literatur, den ein Professor zweimal wöchentlich den Prinzessinnen gab, sie dachte daran während des Five o'clock bei Tante Mathilde oder während des Diners, wenn sie neben einem alten General oder Oberstudienrat sitzen mußte. Wie bedauerte sie ihre Schwestern, die nur ihr Prinzessinnenleben und ihre tenue hatten. »Ich weiß nicht«, sagte Prinzessin Hildegard, »seitdem Gunda auf dem Hofball hingefallen ist, tut sie so erhaben.« Eines Nachmittags auf dem Spaziergang sagte Gunda zu Alma: »Wenn du ihn in Gesellschaft triffst, sprichst du dann nicht mit ihm?« Alma errötete ein wenig. Nein, sie sah den Grafen Lütke immer nur ganz flüchtig. »Du mußt aber mit ihm sprechen«, fuhr Gunda nachdenklich fort. »Du sollst ihm von mir etwas ausrichten. Du sollst ihm sagen, daß ich damals am ganzen Unglück schuld war und daß ich es gewollt habe, daß ich es absichtlich tat. Es war schlecht, ich weiß es, und es hat mich geschmerzt und es schmerzt mich noch immer, aber ich will, daß er es weiß.«

Eine Bilderausstellung wurde eröffnet, und die Prinzessin Elvira erschien mit ihren Töchtern. Gunda fand es wenig unterhaltend, an den vielen Bildern entlangzugehen und den Erklärungen eines Akademieprofessors zuzuhören. Aber man sah dabei auch auf die Leute. Wirklich, dort in der Menge stand auch Alma, sehr hübsch im schwarzen Pelzwerk, und neben ihr stand der Graf Lütke, und sie sprachen sehr angelegentlich miteinander. Sie lachten beide, Alma lachte so stark, daß sie ihren Muff an ihr Gesicht hielt und ihren Mund darauf drückte. Gunda wunderte sich, wie bekannt sie taten; und warum lachten sie? Hatte Alma ihm gesagt, was sie ihr aufgetragen? Aber dabei gab es doch nichts zu lachen, das war ernst genug. Sie verstand nicht recht. Am Nachmittage kam die Prinzessin Mathilde zur Prinzessin Elvira, um den Tee bei ihr zu nehmen. Sie tauchte ihren Biskuit in ihren Tee und sagte: »Also, unsere kleine Freundin, Komtesse Alma, scheint sich doch mit dem ungeschickten Grafen Lütke verloben zu wollen. Es ist günstig, daß gut Walzer tanzen nicht unbedingt zu einer glücklichen Ehe gehört.« Alle lachten, auch Gunda. Dann erhob sie sich, ging in ihr Zimmer hinüber, stellte sich ans Fenster und schaute auf die Straße hinab. Ihr war plötzlich sehr elend zu Mute. Ein großes Unrecht war ihr zugefügt worden, sie fühlte sich betrogen, beleidigt und beraubt. Was sollte sie tun? Ein wenig erleichtert fühlte sie sich, als der Zorn in ihr aufstieg, ein sehr starker Zorn, der wie etwas Heißes über ihren ganzen Körper lief, als würde sie plötzlich von einer glühenden Mittagsonne beschienen. Sie ballte ihre kleinen Fäuste und schlug damit auf das Fensterbrett. Oh! Alma, der, der wollte sie es sagen. Eine Prinzessin ist vielleicht eine lächerliche kleine Puppe; aber Alma sollte es doch von ihr zu hören bekommen.

Auf dem Spaziergange im Park der Mathildenburg, als die Baronin Rost zu träumen und langsamer zu gehen begann, brach Gunda gegen Alma los: »Warum lügst du? Du sagst, du siehst ihn nur flüchtig, du sprichst nie mit ihm, und jetzt verlobst du dich mit ihm. Warum darf ich das nicht wissen? Ich kann es ja nicht hindern, aber natürlich hast du ihm auch nicht gesagt, was ich dir aufgetragen habe, denn du fürchtest dich, du willst nicht, daß er an irgend etwas anderes denkt, als an dich. Ja, du fürchtest dich, das ist es.« – Alma wurde sehr rot, und ihr hübsches Gesicht nahm einen bösen trotzigen Ausdruck an. »Ach Gott«, versetzte sie, »ich habe es dir nicht gesagt, weil – nun ja, weil – es dir so viel Freude machte, daß er dort an der Kirche stand, und daß du glauben konntest, er sei deinetwegen unglücklich und du mußt ihn trösten. Aber fürchten, warum sollte ich mich fürchten? Natürlich habe ich ihm alles gesagt, was du mir aufgetragen hast.« – »Was hat er erwidert?« fragte Gunda. Die beiden Mädchen blieben stehen und schauten sich an, sahen sich gerade in die Augen, und die blauen und die schwarzen Augen nahmen dabei einen scharfen, harten Edelsteinglanz an. »Ich kann es dir ja sagen«, meinte Alma, »aber du darfst nicht böse werden. Er sagte: Ach die arme, kleine Terrine, denkt sie noch immer daran?« Gunda preßte die Lippen aufeinander, das runde Kindergesicht nahm einen hochmütigen und doch kummervollen Ausdruck an. »Es ist kalt«, wandte sie sich an die Baronin Rost, »wir wollen nach Hause fahren.«

Zu Hause ging Gunda in ihr Zimmer, um sich für das Diner anzukleiden. Das war jetzt wieder das Wichtige in ihrem Leben, sich für das Diner ankleiden, beim Diner sehr gerade sitzen und zuhören, was die alten Generale und Professoren sprachen, oder zum Five o'clock zu Tante Mathilde fahren und immer Haltung haben. Sie war die kleine Prinzessin, vor der man Honneurs machte, um dann weiterzugehen, miteinander zu lachen und sich zu verloben, sie saß hinter den Glasscheiben des Wagens und grüßte, die anderen hatten draußen im Sonnenschein ihr lustiges Leben. Nicht einmal ein Schmerz blieb ihr, wenn es auch schmerzte, denn es war ja nichts gewesen, was sie da erlebt hatte.

Zu den Ausfahren nach Mathildenburg wurde Alma nicht mehr mitgenommen, ohne sie gingen jetzt Gunda und die Baronin Rost über die hartgefrorenen Wege durch die verschneiten Alleen, und wenn das zitronengelbe Lichtband am Himmel hing und die Baronin Rost schweigsam wurde und langsamer zu gehen begann, dann wurde auch Gunda schweigsam und ging langsam, denn jetzt hatte auch sie über ihre traurigen Erfahrungen nachzudenken.

DAS LANDHAUS

Der Ball war zu Ende. Graf Egon stand an der Tür des Saales, um sich von seinen Gästen zu verabschieden. Den Kopf mit der hohen blanken Stirn, dem leicht ergrauten Haar ein wenig zurückgebogen, stand er da, sehr gerade und korrekt, nur das Lächeln, welches er einem jeden seiner Gäste zum Abschied schenkte, hatte etwas Mechanisches und zeigte, daß der Graf müde war. Nicht weit von ihm stand seine Frau Alda. Sie sah sehr jung aus im nilgrünen Kleide mit den Granatblüten im schwarzen Haare, aber ihr Gesicht war von demselben matten, durchsichtigen Weiß wie ihre Schultern und ihre Arme, es war weiß bis in die Lippen. Sie reichte den Herren die Hand, sie küßte die Damen; sie lächelte, ihre Augen jedoch schienen an all dem nicht teilzunehmen, schienen all die Gestalten, die vor ihnen ab und zu gingen, nicht zu sehen, so unbewegt und glanzlos dunkel schauten sie aus dem blassen Gesichte heraus. Jetzt trat der Leutnant von Rembow mit seiner Braut am Arm auf Alda zu. Der Leutnant war wie immer feierlich, von jener Feierlichkeit, die ihm die strenge Schönheit seines Gesichtes, die Pracht seiner vornehmen Gestalt aufzuerlegen schienen. Seine Braut war klein und blond mit einem Stumpfnäschen, und ganz in Rosa gekleidet, sah sie aus wie eine Pensionärin. Der Leutnant beugte sich über Aldas Hand und küßte sie, und die kleine rosa Braut schaute glücklich zu Alda hinauf und sagte: »Also, Sie wollen morgen wirklich fort, ganz fort in Ihre ländliche Einsamkeit?« – »Ja«, erwiderte Alda, »ich will mich erholen.« – »Nicht wahr, eine Idee«, mischte sich Graf Egon in das Gespräch, »ich habe meiner Frau schon gesagt, sie soll bei uns anderen bleiben.« Der Referendar von Hübner, der neben Alda stand, begann zu kichern, weil er einen Witz machen wollte. »Ja«, meinte er, »ich kann das nachfühlen, wie einen so plötzlich die Sehnsucht ergreift, ein wenig weit von uns anderen zu sein.«

Alda lächelte nur matt, der Leutnant Rembow blieb ernst und schaute auf seine Stiefelspitzen nieder, er schlug die Augen auch nicht auf, als seine Braut kokett zu ihm emporblickte und sagte: »Ach ja, etwas Einsamkeit ist zuweilen herrlich.«

Nun waren sie alle fort, Alda ging schnell zu einem Sessel, um sich hineinzuwerfen, als könne sie vor Müdigkeit keinen Augenblick mehr stehen. Sie lehnte den Kopf zurück, schloß die Augen, und ließ die Arme schlaff niederhängen. Auch der Graf setzte sich; sein Gesicht, als sei es froh, nicht mehr lächeln zu müssen, nahm einen ältlichen, grämlichen Ausdruck an. »Also, du willst morgen wirklich aufs Gut hinaus, quelle idée!« sagte er. »Um diese Jahreszeit, ungeheizte Zimmer! Du nimmst doch wenigstens die Jungfer und einen Diener mit.« – »Nein«, erwiderte Alda, noch immer mit geschlossenen Augen. Der Graf zuckte die Achseln: »Woher denn plötzlich dieser Einsamkeitsfanatismus? Na, wie du willst, romantische Capricen der Frauen darf man nicht hindern, das endet sonst stets mit Migräne. Des Menschen Wille ist sein Himmelreich.« Er gähnte diskret. »Nun können wir uns der wohlverdienten Ruhe hingeben.« Er erhob sich: »Gute Nacht, mein Kind.« – »Gute Nacht«, sagte Alda, und der Graf ging.

Alda blieb mit geschlossenen Augen in ihrem Sessel liegen. Es schien ihr, als dürfe sie sich nicht regen, sonst war sie wieder mitten darin in diesem Leben, das häßlich und widerwärtig war, das ihr vor Ekel die Kehle zusammenschnürte. War es möglich, daß etwas Schönes und Schreckliches so endete, und ihre Liebe zu Rembow und seine Liebe zu ihr war etwas Schönes und Schreckliches gewesen mit ihren Glückseligkeiten und ihren Gewissensqualen. Sie hatte es gewußt, daß ein Tag der Strafe kommen mußte, etwas Furchtbares, das sie beide vernichtete, das ihrer Liebe würdig war. Und nun nichts – eine Verlobungsanzeige, Visiten, dieser Ball, er hatte die kleine rosa Pensionärin am Arm, macht Konversation, man nimmt Abschied, als wäre nichts gewesen, und da sitzt sie im leeren Saal, neben dem ältlichen Herrn, und dieser gähnt und sagt: »Des Menschen Wille ist sein Himmelreich.« Und das war dann das Ende. O nein, da machte sie nicht mit, das gehörte alles nicht mehr zu ihr. Schritte wurden im Saale laut, Alda öffnete die Augen, die Diener begannen die Lichter zu löschen, andere waren dabei, die Möbel mit den weißen Bezügen zu überziehen, sie flüsterten dabei ärgerlich miteinander, gähnten. Eine Bitterkeit stieg in Alda auf, die ihr fast wohltat. »Ja«, dachte sie, »seid alle nur recht häßlich, recht widerwärtig, ich gehöre nicht mehr zu euch.« Sie erhob sich und begab sich in ihr Zimmer, um sich zur Ruhe zu legen. Schlafen konnte sie nicht, aber ihr Wachen war ein fieberhaftes Traumwachen. Anfangs versuchte sie, ihr Leiden durchzudenken bis in den Grund hinein. »Ich bin sehr unglücklich, so unglücklich, wie nie ein Mensch es war, so unglücklich zu sein erträgt kein Mensch, und ich ertrage es auch nicht. Sie sollen sehen. Das bin ich der schönen Liebe schuldig – das bin ich der schönen Liebe schuldig.« Sie wiederholte in Gedanken diesen Satz immer wieder wie den Vers eines Liedes. Dann plötzlich sah sie den Saal mit all den Menschen, Rembow war da und seine Braut, sie drehten sich umeinander wie bunte Figürchen, und dann war der Saal wieder leer, die Möbel standen in ihren weißen Bezügen, und die Lakaien gähnten mit weit offenem Munde – und das alles war unendlich fern und wesenlos, wie durch ein umgekehrtes Opernglas gesehen. Sie, Alda, war ganz allein, nichts gehörte zu ihr als nur ein großer schwarzer Vorhang, sie sah ihn deutlich, diesen Vorhang, er war von schwerer, stumpfer schwarzer Seide und fühlte sich kühl und glatt an wie eben aufgeworfene Schollen feuchter Gartenerde. Zuweilen versuchte sie, klar zu denken; sie hatte von einer Frau gelesen, die sich mit Morphium tötete. Man sieht dann Sonnen und Sterne und schläft ein. Sie hatte ja noch die Flasche Chloralhydrat, und dort auf dem Landgut, eingehüllt von den Nebeln in der Einsamkeit, dort sollte es geschehen. Und dann sah sie wieder den Vorhang, den großen schwarzen Vorhang, der sich so glatt und kühl anfühlte – ja, der wartete, der war nun ihr Teil.

Am nächsten Morgen stand Alda bleich und müde auf, saß am Frühstückstisch, unterhielt sich mit ihrem Gatten über den gestrigen Tag, ging im Hause ab und zu, um Vorbereitungen für ihre Reise zu treffen, aber sie hatte auch heute Räumen und Menschen gegenüber das seltsame Gefühl der Nichtzugehörigkeit, ihr war wie jemandem, der in einem Wartesaale auf und ab geht, umgeben von Dingen und Menschen, die ihm fremd sind und die er gleich verlassen wird, um sie nie wieder zu sehen. Sie war froh, als sie im Automobil saß und hinausfahren durfte. Es war ein nebliger Märztag, die Stadt sah naß und grau aus, die Leute auf den Straßen bleich und mißmutig. »Ja«, dachte Alda, »eine große Stadt der Verdrießlichkeit«, und sie wunderte sich nicht darüber, sie hatte es nicht anders erwartet. Draußen lag dichter weißer Nebel über dem Lande, der nur zuweilen ein Stück beschneiten Feldes sehen ließ, über das Saatkrähen, tintenschwarz in all dem Weiß, niedrig hinflogen, oder ein Baum stand da und regte sich sachte, als fröre ihn. An nassen grauen Häusern fuhren sie vorüber, und nasse graue Menschen standen davor und froren. Alda lehnte sich in die Wagenecke zurück und schloß die Augen. Natürlich war das alles da draußen herzbrechend traurig, aber was ging sie das an, sie wollte an das Große und Schreckliche denken, das sie vorhatte, an den schwarzen Vorhang, der alle Demütigung, alle Schuld, alle Alltäglichkeit zudecken sollte. Und konnte sie nicht immer daran denken, so fühlte sie es doch wie die Gegenwart von etwas Erregendem und Peinlichem. Es begann schon zu dämmern. Sie fuhren durch Wälder hin, die sich wie weiche schwarze Massen über die Hügel legten. Hie und da blitzte ein Licht aus einem Hause in all dem Dunkel auf und erweckte in Alda plötzlich den Gedanken der traulichen Geborgenheit unter den Schatten der großen Bäume, oder eine Waldschneise zog einen weißen Strich in all das Schwarz, und ein Mann ging dort, gefolgt von einem Hunde. »Der geht wohl«, dachte Alda, »nach Hause zu einem der kleinen Lichter, die dort einsam in der Finsternis stehen.« Und eine plötzliche Sehnsucht nach Geborgenheit, nach zu Hause, Sehnsucht nach Unschuld und Sorglosigkeit machte ihr das Herz so schwer, daß sie weinen mußte.

Endlich hielten sie vor dem Landhause, das mit seinen geschlossenen Fensterläden still und wie verlassen in der Finsternis dastand. Der Chauffeur mußte absteigen, an die verschlossene Tür pochen, da erst regte es sich drinnen, die Tür wurde aufgerissen, die Mamsell, Fräulein Pelz, stürzte heraus und Dienstmägde und die alte Redien, die Aldas Wärterin gewesen war, und alle jammerten sie, die Frau Gräfin kam, und man hatte nichts gewußt, nichts war geheizt, nichts bereit, was sollten sie tun. »Es wird schon gehen«, meinte Alda gelassen und ging in das Haus. Sie ging in den Salon und setzte sich dort. Das Zimmer war kalt und hatte den feuchten Staubgeruch, den lange verschlossene, ungeheizte Zimmer anzunehmen pflegen, die Möbel steckten in grauen Überzügen, der Kronleuchter in seinem Überzuge hing wie eine große graue Blase von der Decke nieder, eine brennende Kerze stand auf einem Tisch und ließ ungeheuerliche schwarze Schatten an den Wänden emporwachsen. Alda hüllte sich fester in ihren Mantel, da war es wieder, das kühle, ergebene Bahnhofsgefühl, das Gefühl, das alles, was sie umgab, sei nur vorläufig da, müßte gleich vergehen und verschwinden. Redien kam jetzt, die alte Frau mit dem kleinen braunen Gesicht, schaute Alda forschend an, schüttelte ein wenig den Kopf und murmelte. »Nein, so was!« Dann lächelte sie wieder, wie man ein Kind anlächelt, und sagte: »Jetzt haben wir Feuer im Schlafzimmer angemacht, und meine Gräfin geht gleich zu Bett.« Alda ließ sich willig in das Schlafzimmer führen, ließ sich von Redien entkleiden, willenlos wie einst als Kind, wenn sie zu schläfrig gewesen war, und Redien schalt leise vor sich hin: »Weiß wie ein Tuch und ganz kalt! Was das wieder für Dummheiten sind, Stadtdummheiten! Was die dort mit so einem Kind anfangen. So, jetzt decken wir uns warm zu und essen eine Apfelsuppe und ein Kotelett.« – »Ja, Redien«, sagte Alda, »ein Kotelett, klein und braun, wie ich es als Kind bekam, wenn ich krank war.« – »Gut, gut«, meinte Redien und ging hinaus, nach dem Essen sehen. Alda drückte sich fest in die Kissen. Dieses Zimmer, in dem sie schon als Kind gewohnt hatte, ergriff sie heute seltsam stark, sie kannte all die Schatten, welche die Möbel auf die Wand warfen, wie oft hatte sie diese Schatten damals studiert und sich vor ihnen gefürchtet. Im Ofen prasselte das Feuer und eine angenehme Wärme durchrieselte Alda. Ja, das hätte nun behaglich und gemütlich sein können, aber es schien ihr, als stünde etwas da, das sie zu dieser Behaglichkeit und Gemütlichkeit nicht hineinließ, sie wünschte, Redien käme wieder. Und Redien kam und brachte das Essen, und Alda fand, daß sie hungrig war und die Apfelsuppe und das kleine Kotelett ihr schmeckten. Später lag sie still da und schaute in die verglimmenden Kohlen des Ofens. Redien mußte neben ihrem Bett sitzen. »Erzähl, Redien«, sagte sie. – »Was ist da zu erzählen«, meinte die alte Frau, »wir hatten viel Schnee diesen Winter. Jeden Morgen mußte ein Weg gegraben werden zum Stall, damit die Großmagd melken gehen konnte. Die Rebhühner kamen nahe ans Haus.« – »Und Ihr?« fragte Alda, »ihr lebtet friedlich?« – »Wie man schon so lebt«, antwortete Redien, »nur die Eve führte sich auf; weil der André die Trine heiratet, schrie sie und weinte.« – »Nicht davon«, sagte Alda, »erzähle lieber von deinem Redien. Wo sagte er dir, daß er dich heiraten wolle?« Die Alte lächelte. »Wo wird es gewesen sein? In der Scheune. Er war Maschinist und zog mit seiner Maschine bei den Bauern umher. Er wohnte bei uns, und ich trug ihm das Essen in die Scheune. Da sagte er eines Tages: ›Luise, wann heiraten wir?‹« – »Ach ja«, meinte Alda, »um euch war es ganz gelb von all dem Stroh und die Sonne schien drauf und du hattest ein hübsches braunes Gesicht.«

Draußen regnete es, die Tropfen klopften leise an die Fensterläden, der Haushund bellte langgezogen und böse in die Nacht hinein. »Jetzt treiben sich schon Kerls umher«, bemerkte Redien, »aber Karo paßt gut auf.« Alda hüllte sich fester in die Decke, gut, nichts von dem, das da draußen war, sollte zu ihr herein, hier war sie sicher. »Erinnerst du dich«, begann Alda nachdenklich, »ich muß sehr klein gewesen sein, sie begruben hier einen, und ich hatte den Holzsarg gesehen, wie er auf einem Wagen hier durch den Hof gefahren wurde. Abends konnte ich nicht schlafen, ich fürchtete mich vor dem Tode und fürchtete, du würdest sterben. Da sagtest du böse: »Schlaf nur, wir haben alle noch viel Zeit.« – »Nun ja«, meinte Redien, »wir hatten auch Zeit.« – »Wir hatten auch Zeit«, wiederholte Alda leise. Sie schwiegen eine Weile. Irgendwo unten aus den Gesinderäumen scholl ein Lachen herüber, ein hohes, herzliches Mädchenlachen. »Was das für ein Lärm ist«, grollte Redien. – »Nein, sie sollen so lachen«, sagte Alda. Dann schloß sie die Augen und schlief ein.

»Heute riecht es schon nach Frühling«, sagte Redien, als sie am nächsten Morgen mit dem Frühstück vor Aldas Bett stand.

Alda richtete sich auf, das Zimmer war voll Sonnenschein, aber ein seltsamer, unruhiger, flackernder Sonnenschein. Es taute draußen, vom Dach und von den Kastanien am Hause tropfte und rann es beständig.

All dies fließende Kristall fing die Sonnenstrahlen auf und ließ sie zittern und flirren.

»Das ist lustig«, sagte Alda und lächelte. – »Natürlich lustig«, erwiderte Redien mit einer Stimme, als wollte sie schelten.

Als jedoch Alda wieder allein war, sank sie mutlos in die Kissen zurück. Lustig? Lustig? Was hatte sie mit dem, was lustig war, zu tun. Zu ihr gehörte ja diese Alda mit ihrem Unglück, ihrer Schuld, ihrem Schmerz, ihrem dunklen, unheimlichen Vorhaben. Wir haben alle noch Zeit, hatte Redien damals gesagt, ja, vielleicht hatte sie noch ein wenig Zeit, vielleicht konnte sie den Schmerz und die Schuld und ihr Vorhaben und die ganze unglückliche Alda ein wenig beiseite legen, wie wir ein Buch beiseite legen für kurze Zeit, sie würden ja wiederkommen und ihr Recht verlangen. Aber es gab vielleicht eine kleine Ferienzeit im Unglück, in dem furchtbaren Schicksal, das zu ihr gehörte. Alles fortschieben, an nichts denken, das war doch für eine kleine Weile erlaubt. Dieser Gedanke gab ihr Kraft, den Tag zu beginnen.

Die Zimmer waren heute geordnet, die Möbel hatten ihre Überzüge abgelegt, Hyazinthen standen am Fenster, die Räume waren voll von dem hübschen, unruhigen Sonnenlichte und von klingend niederfallenden Tropfen. Alda ging in den Zimmern auf und ab, sie hatte ja nichts zu tun, für nichts zu sorgen, selbst nichts zu denken, es war wirklich etwas wie ein Feriengefühl, das sie belebte.

Dann zog es sie hinaus in die Welt draußen, die so hübsch blank von Tropfen und Sonnenschein war. Sie ging die nassen Wege entlang, Mägde gingen an ihr vorüber, stapften durch die Pfützen, ließen das Wasser spritzen und lachten dabei, als machte es ihnen Freude. Männer führten Holz, die kleinen Pferde waren blank von all der Nässe, die feuchten Holzstämme aber dufteten wunderbar, »ein wenig nach Harz«, dachte Alda, »und ein wenig nach Vanille, das gäbe ein schönes neues Parfum«. Auf den Dachfirsten saßen die Stare wie Vögel aus poliertem Stahl, schlugen mit den Flügeln und pfiffen.

Alda ging in den Kuhstall, hier war es warm, und ein leichter Dampf stieg von den großen braunen Tieren auf. Die Mägde waren beim Melken, Alda setzte sich auf die Ecke eines Futterkastens und schaute zu. Sie schaute die großen, ruhigen Gesichter der Kühe an; wie sie langsam kauten und mit den unbewegten Augen ruhevoll vor sich hinsahen.

»Die hat heut' nacht gekalbt«, sagte die Großmagd und zeigte auf eine Kuh, die auf ihrer Streu lag wie auf gelber Seide und ernst ihrem Kalbe zusah, das auf zu dünnen Beinen seine ersten Sprünge versuchte. Hier wurde Alda seltsam wohl, hier war sie unendlich fern von allem Quälenden, hier war keiner schuldig und keiner gedemütigt, man stand da, man kaute, sah aus großen Augen vor sich hin, und niemand brauchte zu denken. Lange Zeit blieb Alda dort, und es war ihr leid, daß die Mägde mit der Arbeit fertig waren und sie den Stall verlassen mußte. Sie trieb sich noch ein wenig im Sonnenschein umher, bis sie fühlte, daß sie hungrig war, und ins Haus ging.

Das Essen, welches die Mamsell gekocht, schmeckte anders als das Essen in der Stadt, die Suppe duftete kräftig nach Schnittling, und die Gemüse schmeckten würzig und ein wenig nach Erde. Während Alda mit Appetit aß und vor sich hinschaute, mußte sie lächeln, denn sie mußte an die Kühe denken, an den ruhigen Ernst, mit dem diese vor ihrem Futtertroge standen.

Nach dem Essen setzte sich Alda in dem Wohnzimmer an das Fenster, die Luft hatte sie müde gemacht, aber dennoch wollte sie da draußen das Hin- und Hergehen der Tiere und Menschen beobachten. Es war ihr, als dürfe sie sich heute nicht von ihnen trennen. So saß sie lange da, bis die Augen ihr zufielen und sie einschlief.

Als sie erwachte, ging die Sonne unter. Das Zimmer war voll roten Lichtes, jenes plötzliche Aufflammen, das Alda stets schon als Kind ein Festtagsgefühl gegeben hatte, und war der Tag ein noch so grauer Schultag gewesen. Sie hielt jetzt ganz still, es schien ihr, als fühlte sie, wie dieses rote Licht an ihr niederfloß wie etwas, das liebkoste und schmückte. Sie öffnete die Augen weit, öffnete die Lippen, als sollte dieses Licht ganz in sie hineinfließen. Wie schön, wie schön! fühlte sie.

Sie hörte Schritte und sah auf, Eve kam in das Zimmer, ein kleines, dralles Mädchen, viel flachsblondes Haar wand sich um ihren Kopf, das Gesicht war rund und rosa.

»Ach, Eve«, sagte Alda, »Redien sagt, du hast einen Liebeskummer.«

Eve lächelte, zeigte eine Reihe großer weißer Zähne, aber zugleich traten ihr dicke Tränen in die Augen.

»Das geht vorüber, Eve«, fuhr Alda fort. »Du bist so jung, bei dir geht es vorüber.«

Eve zuckte mit den Schultern. »Soll er gehen. Was kann man machen. Anderen geht es auch nicht gut. Man lebt so oder so, das kommt schon so, das gehört schon dazu.«

Da Alda schwieg, ging Eve vorüber. Das Abendrot war fast erloschen, ein roter Streif und ein wenig blasses Gold standen noch am Himmel, in den Birkenwipfeln hing ein Stern bleich und zitternd. Über die Landstraße gingen Mägde Arm in Arm und sangen laut in den Abend hinein.

In Alda war es seltsam still geworden. »Man lebt so oder so, das gehört schon dazu«, klangen die Worte des Mädchens in ihr nach. Und plötzlich wußte sie es, wußte sie es ganz bestimmt: Wenn auch alles Qualvolle und Furchtbare wiederkäme, dieses Leben hielt sie unbezwinglich fest, sie gehörte zu ihm, was es ihr auch antun mochte. Man lebt so oder so, die kleine Eve wußte es, aber man lebt – man kann nicht anders.

SCHÜTZENGRABENTRÄUME

Hier sitze ich in meinem Erdloch. Es ist angenehm, die Beine von sich zu strecken, den Rücken an die Lehmwand zu lehnen, den Rauch der Zigarette langsam durch die Nase vor sich hin zu blasen und sich nach Herzenslust eine Weile müde fühlen zu dürfen. Um mich her schlafen die Kameraden schon, graue Gestalten, das Gewehr im Arm, die Beine angezogen, und auf den bleichen Gesichtern liegt es wie schmerzvolle Spannung, als sei der Schlaf eine schwere Arbeit. Die Nacht war auch mühselig genug, kalt und dunkel, dazu gaben die da drüben keine Ruhe, die Luft war voll von dem widerwärtigen Surren und Zischen, ringsum im Unterholz knisterte und knackte es. Wir wußten nicht, was die da drüben vorhatten, und wir mußten höllisch achtgeben. Am Morgen kam dann der Nebel dick und grau, wie ein nasses Leintuch hüllte er einen ein, und man fror bis in die Knochen hinein. Dann ist man nicht mehr ein Mensch, der denkt und tut, sondern nur ein gedankenloses Ding, das schießt und friert. Gegen 10 Uhr wurde es besser, der Nebel wich; der Himmel wurde blau, anfangs ganz blaßblau wie zu Hause in Wintertagen, dann immer tiefer und reiner. Die Sonne kam heraus und begann zu wärmen, die nassen Buchen um uns standen still und blank da, und wir in unserem Graben fühlten, wie ein Sonnenstrahl uns auf die Wange oder die Nase oder die Hand fiel und sie erwärmte, als striche eine sanfte Hand über sie hin. Die drüben waren auch ruhiger geworden, nun und dann kam die liebe Mittagszeit, die drüben wissen auch, was Anstand ist, um die Mittagszeit herrscht Stille, das sind unsere Höflichkeitsgesetze, und die Stille dauert noch eine Weile über die Mittagszeit an, damit man sich ungestört ausruhen kann.

Neben mir liegt mein guter Kamerad Andres. Sein breites Gesicht ist gelblich bleich; es hat fast dieselbe Farbe wie sein weißblondes Haar und seine blonden Wimpern. Die blauen Augen sind schon ganz klein vor Schläfrigkeit. Er wird gleich schlafen, aber das dulde ich nicht.

»Andres, schlafe nicht!« Verwundert schaut er mich an: »Was soll man denn anders tun als schlafen?« fragt er. »Nein, sprechen wir miteinander, hier ist eine Zigarette. Wenn du schläfst, dann weißt du nichts mehr davon, wie behaglich es hier ist, und es ist gleich wieder Zeit aufzustehen. Zu wissen, man kann schlafen, ist doch süßer als schlafen.«

»So, vielleicht«, antwortet Andres und zündet sich gehorsam seine Zigarette an. Der gute Junge glaubt mir alles.

Vor uns steht der Wald jetzt ganz von Sonnenschein durchwoben, ein krauses, grüngoldenes Gewölbe, die Sonne sticht durch das Laub und wirft auf das Moos und die welken Blätter des Waldbodens runde, gelbe Sonnenflecken.

»Das ist wie Sonntag«, sage ich.

»Warum Sonntag?« fragt Andres.

»Ja, mir ist es so«, erkläre ich, »als seien diese Sonnenflecken immer sonntags in der Kirche während der

Predigt dagewesen. Man saß im Gestühl, Mutters seidenes Kleid knisterte leise, die Schwestern hatten helle Kleider an und hatten ganz blanke Zöpfe. Mich fror ein wenig, ich weiß nicht, warum, aber wenn man die Sonntagskleider anzieht, dann friert man anfangs immer ein wenig.«

»Nun ja, das ist das frische Sonntagshemd«, bemerkt Andres verständnisvoll.

»Vielleicht«, fahre ich fort. »Und dann lagen die gelben Sonnenflecken auf den Fliesen der Kirche, blinzelten einen an und machten einen schläfrig. War es bei euch nicht so?«

»Ach was«, erwidert Andres, »ihr in den Herrschaftshäusern seht so was, wir kümmern uns nicht darum. Aber wenn ich jetzt so denke, so ist's richtig, diese gelben Dinger habe ich in der Kirche auch angesehen, wenn die Predigt lang war, und dann noch im Kuhstall.«

»Im Kuhstall?«

»Ja, ich versteckte mich im Kuhstall vor der Feiertagsschule. Da war es hübsch warm und das Stroh so gelb, und die Viecher standen und fraßen, und überall lagen die blanken Sonnendinger auf dem Stroh und auf den Viechern.«

»Du schliefst wohl?« frage ich.

»Ich wollte schlafen«, erwidert Andres, »aber der Braunen war das Kalb genommen worden, und sie brüllte so jämmerlich. Nun, und da kam die Lene herein, sie sah mich nicht, sie ging zu der Braunen, streichelte sie und redete ihr zu: ›Was schreist du, Alte, nächstes Jahr wirst du ein anderes Kalb haben.‹«

»Ja, und die blanken Sonnenflecken lagen auch auf der Lene«, ergänze ich.

»Ich weiß nicht, was werden sie nicht«, antwortet Andres und errötet, dann gähnt er: »Gott, wer hat früher an so was gedacht, der Stall war der Stall und die Sonne war die Sonne, jetzt aber kommt das alles und stellt sich vor einen hin. So war es vorige Woche in dem zerschossenen und verbrannten Dorf. In dem einen Hause, das keine Vorderwand mehr hatte, hing da das Stück einer Stube, die Wände waren blau, ein großer, schwarzer Stuhl stand da und ein Tisch und ein Bild an der Wand. Das ist ja Mutterns gute Stube, dachte ich, und ich stehe und schaue, bis der Leutnant mich anschreit, und dann kriege ich eine Wut, ich denke: »Wenn die da drüben Mutterns gute Stube so zusammenschießen würden.«

Ich lache: »Die sollen nur kommen.«

»Ja, die sollen nur kommen«, wiederholt Andres und ballt seine derbe Bauernfaust.

Drüben in den Buchenzweigen regt sich etwas. Es ist eine Eichkatze, ganz rot in all dem Grün und Gold. Sie springt hin und her, duckt sich dann auf einem Zweige nieder und sieht auf uns herunter, und es ist, als lachte das kleine, spitze Gesicht, und wir schauen zu ihm auf und lachen auch. Endlich springt das Tierchen auf, kichert vor sich hin und verschwindet.

»Das ist ein Kerl«, sagt Andres. »Was so einer denken mag.«

»Der denkt«, erwidere ich, »sind die da unten dumm. Sitzen hier schon tagelang und hauen einander auf, um sich zu fressen.«

»Fressen?«

»Ja, bei den Tieren tötet man sich nur, wenn man sich fressen will.«

Darüber muß Andres lachen, es erscheint ihm zu wunderlich, daß wir die Franzosen fressen wollen. Dann wird er aber wieder ernst und schaut in das Unterholz hinein auf einen Punkt, aus dem etwas Rotes hervorschimmert.

»Der liegt noch dort«, sagt er leise, »dort, wo sie ihn vom Baum heruntergeschossen.«

»Ja, der liegt noch dort«, bestätige ich, und wir schweigen eine Weile.

Endlich beginnt Andres wieder: »Ja, mit dem Herunterschießen, das ist so 'ne Sache. Vorigen Tag, als ich da einen vom Baum herunterholte, da war es anfangs gut. Als ich ihm so nahe war, daß ich schießen konnte, da klopfte mir das Herz vor Freude ganz laut, es war so, als ob, als ob ...«

»Nun, wie denn?« dränge ich.

»Es ist dumm, aber es war so, als ob ich vor dem Mädelfenster stehe und gleich anklopfen werde. Und als der Kerl vom Baum glitt, wollte ich aufschreien, als er aber unten ganz still lag, da war es anders.«

»Ja, da ist es anders«, wiederhole ich.

Andres wird nachdenklich, und als er zu sprechen beginnt, dämpft er seine Stimme: »Gut, wenn es einen trifft«, sagt er, »wenn man auch so daliegt, was ist dann? Etwas muß dann doch sein.«

»Etwas muß dann sein«, wiederhole ich.

»Ich weiß, was der Pfarrer sagt«, fährt Andres fort, »aber ich muß immer denken, wenn ich so daliege und dies alles hier ist fort, dann bin ich wieder zu Hause, ganz einfach zu Hause.«

»Wer kann das wissen«, antworte ich, »daran muß man nicht denken.«

»Ich denke auch nicht daran«, meint Andres.

Jetzt schweigen wir. Ich beuge meinen Kopf zurück und schaue einer kleinen Wolke nach, die dort oben durch das Blau hinzieht. Wie still und friedlich sie ist und wie weiß und rein, sie ist wie eine kleine Schwester in ihrem Sonntagskleide.

»Weißt du«, beginne ich wieder, »als ich 15 Jahre alt war, wollte ich einmal sterben, ich hatte alles dazu vorbereitet, aber ich konnte nicht, ich fürchtete mich.«

»Na ja«, beruhigt mich Andres, »so allein, das ist auch nichts. Hier, wo die anderen sind, wo es jeden treffen kann, wo es einem um den Kopf fliegt, da ist es anders.«

»Damals fürchtete ich mich«, wiederhole ich, »hör, ich will's dir erzählen.«

»Erzähl nur«, sagt Andres, »ich hör' gern eure Herrschaftsgeschichten.«

»Du wirst aber schlafen«, wende ich ein.

»Ich hör' schon«, meint Andres.

Natürlich wird Andres schlafen, ich weiß das, aber dennoch muß ich die Geschichte erzählen. Jene ferne Zeit kommt so stark über mich, daß ich den Reseden- und Levkojenduft jener Tage zu spüren meine.

»Nun also«, fange ich an, »es war in den Sommerferien, in der ersten Hälfte, die ist immer die beste, man kann da faul, nur faul sein. Zu Hause war es hübsch, der Garten ganz bunt, auf den Wegen lagen gelbe Frühbirnen, das Haus war voll lustiger Menschen, die Geschwister waren da und auch die Cousinen, die großen hübschen Mädchen. Ich war in Margot, die älteste verliebt, so verliebt, daß es mich ganz krank machte. Sie war auch zu schön mit ihrem schwarzen Haar, den rotbraunen Augen, die, wenn sie erregt oder zornig war, so übernatürlich glänzten. Sie trug blaue Musselinkleider und steckte sich große, rote Rosen in den Gürtel. Wo sie war, war auch ich. Ritten wir aus, dann hoffte ich, ihr Pferd würde durchgehen und ich würde sie retten. Fuhren wir im Kahn, dann wünschte ich, der Kahn möchte umschlagen, damit ich sie aus dem Wasser ziehen könnte. Margot war auch gut zu mir, sie nannte mich ihren kleinen Pagen, zuweilen sagte sie auch: »Mein kleines Ungeheuer!« und strich mir mit der Hand über das Haar. Dann ging es mir heiß und kalt durch alle Glieder. Abends saß ich vor meinem Spiegel und ärgerte mich darüber, daß ich so häßlich war, denn ich war damals häßlich, ich hatte viele Sommersprossen, große Hände, und meine Kleider saßen mir nicht ordentlich auf dem Leibe.

Es wäre doch alles sehr schön gewesen, wenn nicht der Leutnant von Fehmer gekommen wäre. Der Leutnant war auch in Margot verliebt und stets um sie. Ich haßte ihn natürlich, aber es schien mir, daß er auch Margot nicht glücklich machte, sie wurde nervös und launisch, und zuweilen kam sie aus ihrem Zimmer und hatte vom Weinen gerötete Augen. Einmal, als sie mit dem Leutnant auf dem Gartenwege hin und her ging und sie aufgeregt miteinander sprachen, rief Margot mich zu sich, faßte meinen Arm und sagte leise: »Bleibe da.« Jetzt wußte ich, ich hatte Margot vor dem Leutnant zu schützen, und ich wich ihr nicht mehr von der Seite.

Eines Morgens ging ich in den Garten hinunter, um Margot zu suchen. Ich fand sie mit dem Leutnant in der Fliederlaube sitzen. Sie hatte blanke Augen, rote Wangen, und auf ihrem Gesicht lag es wie schmerzliche Erregung. Der Leutnant hielt Margots Hand und führte sie an seine Lippen. Ich ging schnell auf die beiden zu und stellte mich neben Margot auf. Der Leutnant ließ Margots Hand fallen und schnarrte: »Da ist ja unser unvermeidlicher junger Freund.« Margot aber sah mich böse an und sagte: »Dieser Junge ist wirklich überall. Hast du denn nichts zu tun? So geh doch. Du bist unausstehlich.« Ich ging und war sterbensunglücklich. Den Leutnant hätte ich vor Wut zerreißen mögen. Margot verzieh ich und hoffte, sie würde sich eines Besseren besinnen. Allein den ganzen Tag tat sie so, als sei ich für sie nicht vorhanden, und wenn sie mich einmal ansah, dann lag in ihrem Blick etwas Kaltes und Fremdes, ja, etwas wie Haß. Da wußte ich, daß alles aus war, und ich beschloß zu sterben, nicht, weil ich nicht mehr leben wollte, sondern um Margot zu strafen, sie sollte um mich weinen.

Als alles im Hause schlief, ging ich hinaus auf die Wiese zum See. Die Nacht war hell und warm, ich erinnere mich, daß die Wiesen stark dufteten. Auf einem Stück Sumpfland standen viel rote Orchideen beisammen, über die weiße Nebelstreifen gespannt waren. Der See lag still und schwarz da, nur hie und da machte das Spiegelbild eines Sternes in die dunkle Fläche einen goldenen Ritzer, viele Wasserrosen glühten mitten im See, eine leuchtend weiße Insel. Am Ufer quarrten die Frösche wie toll. Es war gar nicht unheimlich, und ich glaubte, das Sterben würde recht hübsch werden. Ich kleidete mich aus und ging in das Wasser, das ganz warm war, ich begann zu schwimmen und schwamm mitten in die Wasserrosen hinein. Dort legte ich mich auf den Rücken und schaute zum Himmel auf, die Nacht war so hell, daß das Licht der Sterne nur bleich und unsicher war, als schiene es aus dem Grunde eines dunklen Wassers heraus. Um mich standen die Wasserrosen, sie legten sich wie kühle Hände an meine Haut, irgendwo blühte eine kleine Wasserblume, die süß nach Honig duftete, um mich her schnellten Fische schnalzend über das Wasser auf, und ein großer Nachtschmetterling streichelte mir mit seinen Samtflügeln die Wangen. Anfangs dachte ich an Margot. Wenn sie mich hier sehen könnte, dann würde sie mich bewundern, dann würde sie bereuen und, wenn ich tot bin, dann wird sie meinen Kopf auf ihre Knie legen, mit ihrer Hand meine kalte Stirn streicheln und weinen. Daran dachte ich eine Weile, und dann dachte ich, glaube ich, nichts mehr. Es war so behaglich, im lauen Wasser zu liegen, ich wurde schläfrig, ich hätte schlafen wollen. Da plötzlich fror mich, ich fuhr auf, ja, ich sollte ja sterben, warum starb ich nicht? Und ich fühlte jetzt, wie das Wasser tief und dunkel unter mir war, und es schien mir, als faßte mich etwas und wollte mich hinabziehen. Wütend schlug ich in die Wasserrosen, denn auch sie waren jetzt feindlich und wollten mich zurückhalten, ich begann zu schwimmen mit ganzer

Kraft und, als ich am Ufer war, atmete ich auf, als sei ich aus einer großen Gefahr gerettet worden. Ich kauerte mich in das Gras nieder und freute mich und schämte mich, daß ich lebe. Ja, so dumm war ich damals.«

Ich halte inne, neben mir liegt Andres und schnarcht. Er hat recht, noch ist es Zeit, ein wenig zu schlafen, ein wenig fort zu sein von hier.

Ich schlafe und träume, wie ich hier immer träume, daß ich zu Hause im Bette liege; ich muß krank sein, denn es ist heller, lichter Tag, ein Glas Himbeerwasser steht auf dem Tisch neben meinem Bett, ein Sonnenstrahl bricht sich in ihm und läßt es rubinrot aufleuchten. Meine Mutter sitzt an meinem Bett mit ihrer weißen Tüllhaube, die schmalen Wangen leicht gerötet, wie stets, wenn sie erregt ist, sie lächelt und streicht mit der Hand über die Bettdecke.

»Schlaf, Junge«, sagte sie, »wenn du gesund bist und wir Frieden haben« – ich weiß nicht, was sie mir verspricht, aber es ist etwas sehr Gutes.

Durch das Fenster kommt Sonnenschein, so viel und so heller Sonnenschein, wie ich ihn noch nie gesehen habe, dicke, gelbe Strahlen, wie der Sonnenschein in Bilderbüchern, und ich denke, wie man so im Traume denkt: Ach ja, das ist der Friede. Durch den Sonnenschein hindurch sehe ich draußen grüne Hügel, ein Wald steht auf einer Höhe, still und schwarz, über ihn reviert ein Falke, ein silbernes Flattern in all dem Blau. Unten aber auf der gelben Landstraße gehen drei Mädchen hin, Arm in Arm, und singen. Ich denke wieder: Das ist zu Hause, und das Herz wird mir ganz heiß,

heiß von einem Glücke, wie wir es nur zuweilen im Traum empfinden, und ich erwache davon.

Anfangs weiß ich nicht recht, wo ich bin, ich war zu weit fort. Die Kameraden stehen im Schützengraben; es riecht nach Stroh und nassem Lehm und Pulver, in der Luft surrt und pfeift es, mich fröstelt. Es ist, als schnürte etwas mir die Kehle zusammen. Andres schläft noch. Ich fasse ihn und schüttele ihn wütend.

»So steh doch auf!« rufe ich. Er schlägt die Augen auf, und ich sehe diesen Augen an, daß auch er sehr weit fort war.

»Was gibt es?« fragt er.

»Arbeit gibt es«, sage ich. »Wir wollen denen drüben eins draufgeben.«

»Ja«, meint er grimmig und greift nach seinem Gewehr, »wir wollen denen drüben eins draufgeben.«

DER ERBWEIN

Es war ein fatal vorgeschobener Posten, dieser kleine Trichter am Waldrande, den der Oberleutnant Holzmüller mit seinen Leuten besetzt hielt. Das feindliche Feuer sperrte sie von den Ihren ab, so blieb ihnen nichts übrig, als müßig zu warten, zu warten, bis der Feind sie in Ruhe ließ, zu warten, bis die Dunkelheit gekommen sein würde. Der Tag war heiß und unendlich lang, und nichts zu tun zu haben, als dem Wimmern der feindlichen Granaten zuzuhören, machte unendlich müde. Es ist eine qualvolle Müdigkeit ohne Ruhe. Der Oberleutnant saß auf einem Rasenstück; die schweren Augenlider gesenkt, schaute er auf seine Stiefelspitzen nieder. Er war ein wenig grau im Gesicht, zerrte an seinem Schnurrbart und gähnte. Ja, er hatte einen nervösen Gähnkrampf. Die Soldaten standen an der Brustwehr und hielten Ausschau mit unbewegten Gesichtern. Der Leutnant von Brehm hatte eine Weile mit dem Unteroffizier Kamp geflüstert. Sie waren Jugendfreunde, hatten manchen tollen Streich verübt und manche Nacht durchgezecht, Brehm immer als der vernünftigere, Kamp, der Maler war, als der Verführer mit der nie versagenden Phantasie. Brehm war ein Riese mit einem runden, freundlichen Kindergesicht und friedlichen blauen Augen. Kamp war ein hochaufgeschossener, schmaler Jüngling mit dunkelbraunen Samtaugen, einem schmalen Mädchengesicht und einem langen Munde, der stets zu einem ausgelassenen

Lächeln bereit schien. Brehm beschrieb seinem Kameraden mit leiser Stimme sein Bett zu Hause im Schloß, denn seit drei Jahren war er verheiratet, besaß ein Gut, ein Schloß und eine schöne junge Frau. »Also ein ganz großes Mahagonibett mit Bronzebeschlägen; zwei Kissen, nicht zu weich, damit sie kühl bleiben; eine nelkenrote seidene Steppdecke. Und wenn du in das Bett steigst, dann wiegt sich alles sachte, ganz sachte, wie an stillen Tagen das Wasser auf dem See, wenn du dort auf dem Rücken liegst.«

Kamp schnalzte mit der Zunge: »Ja, wer das jetzt hätte!« meinte er. Dabei sah er den Gefährten ein wenig spöttisch an: »Der gute Brehm, dachte er, diese unendliche Zufriedenheit mit allem, was er besitzt, ist rührend.« Dann schwiegen auch sie und hörten den feindlichen Granaten zu.

Einmal entstand in dem Trichter Heiterkeit, die Soldaten lachten, der Oberleutnant stand auf, um zu sehen, was es gäbe: Ein Igel war es, der auf seinen langen, weichen Sohlen einen Weg durch das dürre Laub suchte und sein spitzes Gesicht hierhin und dorthin wandte wie ein Kurzsichtiger, der etwas Verlorenes am Boden sucht. Auch der Oberleutnant lächelte, und solange das Tierchen zu sehen war, gehörte ihm das Interesse des ganzen Trichters.

Endlich kam der Abend. Einen Augenblick war der Trichter ganz voll von rosenrotem Licht, im nahen Wald begann es im Laub zu flüstern, und es wehte kühl herüber. Die müde Spannung auf den Gesichtern der Leute ließ nach, sie sprachen leise miteinander und lächelten. Der Oberleutnant war an die Brustwehr getreten und schaute durch sein Glas. Er machte ein bedenkliches Gesicht: »Was die nur vorhaben?« sagte er zum Leutnant; »da ist so eine Unruhe, ein Herumarbeiten, dazu immer noch die Schießerei ...«

»Die sollten wir ein wenig aushorchen«, sagte Kamp. »Wenn es dunkel ist. Da drüben von der Lichtung aus, auf der anderen Seite des Waldstreifens, ginge das gut.«

»Ja, ja«, meinte der Oberleutnant in seiner ein wenig schläfrigen, nachdenklichen Art. »Kleine Schleichpatrouille. Was denken Sie, Kamp?«

»Zu Befehl, Herr Oberleutnant«, und er machte ein Gesicht, als hätte er eine Freudenbotschaft erhalten.

»Gut also«, fuhr der Oberleutnant fort. »Sie nehmen sich drei, vier Leute – aber scharf achtgeben: Die da drüben scheinen mir heute auch auf den Beinen zu sein.«

»Herr Oberleutnant«, sagte Leutnant Brehm, »darf ich nicht mit?«

»Sie?« meinte der Oberleutnant. »Das ist doch nichts für Sie.« Aber das runde Kindergesicht des Leutnants wurde so düster und mißmutig, daß der Oberleutnant die Augenbrauen emporzog und sagte: »Liegt Ihnen so viel daran? Nun, in Gottes Namen! Aber eigentlich sollte ich es nicht gestatten.«

Brehm und Kamp lächelten einander an wie in früheren Jugendtagen, wenn sie im Begriffe waren, zusammen einen lustigen Streich zu vollführen.

Es war schon ganz dunkel, als die kleine Schar sich auf den Weg machte. Köstlich kühl war es unter den Buchen, das feuchte Herbstlaub duftete stark, Sterne standen am Himmel. Ja, das war etwas anderes, hier durch das Unterholz zu schleichen, statt drüben in dem verdammten Sandloch zu sitzen! So waren sie eine Strecke vorwärts gekommen, immer wieder stehenbleibend und horchend – endlich stellte der Leutnant die Leute getrennt auf Posten ab, er selbst und Kamp pürschten sich näher an den Feind heran. Plötzlich stieg zischend eine Rakete in die Luft – es wurde taghell um sie, ein milchweißer Tag, in dem die Bäume tintenschwarz dastanden. Brehm und Kamp hatten sich zu Boden geworfen, lagen still da. Brehm sah deutlich, sie mußten nicht weit von der Lichtung sein. In einiger Entfernung von ihnen stand ein dichtes Erlengebüsch – das würde gute Deckung geben. Aber wo war denn Kamp? Er sah ihn nicht. War er schon voraus? Das weiße Licht in der Luft erlosch, und die Nacht erschien schwärzer als vorher. Und wie er lag und in das Dunkel hinein horchte, schien es ihm, als regte sich in den Büschen umher ein Knacken, ein Huschen, das Rascheln welker Blätter – das waren Schritte, die drüben waren auf den Beinen! Jetzt galt es achtgeben! Wenn er nur bis zum Erlenbusch kommen konnte! Und leise begann er vorwärts zu kriechen.

Es war seltsam, dieses Fortgleiten über den feuchten Waldboden. Bald legte die Hand sich auf einen Mooshumpel wie in einen dichten, kühlen Samtteppich, bald faßte sie eine nasse Wurzel, die ein hartes, kaltes Tier zu sein schien. Zuweilen duftete es ganz süß nach Nachtschatten, die irgendwo blühten, bald bahnte die Hand sich ihre Bahn durch taufeuchtes Heidelbeerkraut; und wenn Brehm stillag und horchte, pflückte er mechanisch die kleinen, kühlen Beeren und steckte sie in den Mund. So schien es ihm, als sei er eine gute Strecke vorwärts gekrochen, als er merkte, daß er an den Erlenbusch gelangt war. Vorsichtig drängte er sich durch die Zweige, und als er gerade hindurch war, stieg zischend eine Rakete in den Himmel, und in dem scharfen, weißen Lichte sah er, daß er am Rande eines ziemlich geräumigen Erdloches lag. Deutlich unterschied er die gelben Sandwände, und deutlich sah er, daß in dem Loche sich bereits einer befand: Kamp war's, der dort hockte und zu ihm hinauflächelte. Brehm mußte auch lächeln, und er freute sich, wie wir uns nur in solchen Augenblicken äußerster Spannung über einen glücklichen Zufall freuen. Als es wieder finster geworden war, kroch Brehm in das Loch hinab, Kamp kicherte ganz leise. Eng aneinandergerückt saßen sie da, bequem war es nicht, aber sie waren froh, beieinander zu sein.

Im Wald nahm das wunderliche Knistern und Huschen seinen Fortgang. Einmal war es ihnen, als gingen Schritte ganz nah an ihnen vorüber. Dann hörten sie deutlich ein Flüstern, einen leisen Pfiff, den stumpfen Ton, als schlüge ein Gewehr gegen einen Baumstamm. Der ganze Wald mußte voller Franzosen sein. Da half nichts, als stille halten, mäuschenstill, und abwarten. Vielleicht beruhigten sie sich, oder die Morgendämmerung brachte Klarheit. So saßen denn die beiden in ihrem engen Loch und horchten hinaus. Eng war es, wenn sie die Köpfe bewegten, schlugen nasse Farnwedel ihnen in das Gesicht, über ihnen stießen Fledermäuse ihre kleinen, schrillen Jagdrufe aus, und einer hörte das Herz des andern deutlich schlagen. Die Nacht schien unendlich lang, an den Beinen lief es ihnen wie Ameisen entlang, das gespannte Hinaushorchen wurde eine Qual, dazu begann es empfindlich kalt zu werden. Alles um sie her, die Sträucher, das Moos, die Erde atmeten eine kühle Feuchtigkeit aus. Da fühlte Brehm, daß Kamp ihn anstieß, ihm etwas reichte. Es war eine Feldflasche, begierig setzte Brehm sie an den Mund und tat einen langen, langen Zug. Teufel, war das ein Tropfen! Wo kam Kamp zu so etwas? Es war ein starker, süßer Wein, der wie ein köstlich sanftes Feuer den ganzen Körper erwärmte, ein Wein, der nach der edlen sonnendurchglühten Traube schmeckte und in dem doch auch noch etwas von dem Duft der Weinblüte zu liegen schien. Wunderbar! Solchen Wein hatte Brehm nur noch bei sich zu Hause getrunken, wenn sie sich einmal entschlossen, eine Flasche von dem so heilig gehaltenen Erbwein aus dem Keller zu holen, den der Großvater einst aus Spanien mitgebracht hatte. Und während der Wein Brehm die Glieder angenehm wärmte und leicht den Kopf benahm, gingen seine Gedanken zurück in die Heimat, in das Schloß, in dem sein Glück wohnte. Es war ihm, als atme er wieder die Luft der Heimat, seine Luft, die Luft, die dort wehte, wo alles sein war – jeder Baum und jeder Halm, jeder Vogel und jeder Hase; und wieder wärmte ein angenehmes Eigentumsgefühl sein Herz, jenes Gefühl, das ihn ergriff, wenn er zwischen seinen Wiesen und Feldern und Wäldern dahinritt. Abends wenn er nach Hause ritt, freute er sich auf sein Haus, auf die erleuchteten Zimmer, auf den Eßtisch mit den feinen, blanken Sachen; er freute sich auf die kleine blonde Frau mit den dunklen Augen. Wie wird sie heute aussehen? Was wird sie heute tun, was wird sie sagen? Sie war ihm täglich neu, und er hatte nicht geglaubt, daß die Ehe so unterhaltend sein konnte, er hatte nicht geglaubt, daß das Leben so weich und rein und hübsch sein konnte. Der arme Kamp, wenn er zu ihnen zu Besuch kam, da mochte ihm das Herz wohl zuweilen vor Neid schwer werden. Er steckte ja noch zwischen den Kaffeehäusern in dem zerfahrenen, ungeordneten Junggesellenleben. Wenn Kamp dann abends als Schwerenöter der schönen Frau Agnete seine Künste vormachte, Witze riß, oder mit seiner schönen Stimme gefühlvolle Lieder sang – dann lächelte Brehm wohlwollend und dachte: »Der arme Junge, er sollte seine frierende Junggesellenseele auch ein wenig an dieser Sonne wärmen.« Wieder reichte Kamp ihm die Flasche, und wieder erfüllte der Wein Brehm mit unendlichem Wohlbehagen. Seltsam, wie dieser Wein ihn in die Augustnacht zurückversetzte, kurz vor Ausbruch des Krieges. Kamp war bei ihnen. Da die Nacht warm und sternhell war, wollten sie eine späte Kahnfahrt auf dem Gartenteiche machen. Sie gingen durch die dunklen Gartenwege, die Blumen, an denen sie vorüberkamen, konnten sie nicht sehen, aber sie spürten ihren Duft. Agnete und Kamp scherzten über den Blumenduft: »Tuberosen«, sagte Kamp, »nein, die duften zu aufdringlich, die sind wie kleine Bürgerfrauen, die sich einmal gut anziehen und zu stark parfümieren, aber auf dem Grunde des Parfüms liegt doch noch etwas Selleriegeruch. Die Lilien, ja, die können es sich erlauben, so schwül und süß zu duften, bei jeder andern wäre es eine Unverschämtheit.« Der gute Junge tat alles, um Frau Agneten zu gefallen, Brehm aber konnte schweigen im ruhigen Gefühle des Besitzes. Am Teiche angelangt, stiegen sie in den Kahn. Brehm ruderte, Frau Agnete, in einen weißen Schal gehüllt, saß am Bug, Kamp kauerte auf dem Boden des Kahnes. Frau Agnete hatte eine halbe Flasche von dem Erbwein mitgenommen und kredenzte ihn – sie war immer ein wenig verschwenderisch mit diesem Wein. Aber in diese Nacht paßte er, er machte die Lebenslage noch süßer und traumhafter. So fuhren sie dahin, Sterne spiegelten sich im schwarzen Wasser, zuweilen schnalzte ein Fisch, oder der Kahn glitt über die Blätter der Wasserrosen, daß es wie Seide rauschte. Endlich begann Kamp zu singen. Der gute Junge legte all seine Seele in diese Töne, er erfüllte die Nacht mit dieser leidenschaftlichen, sehnsüchtigen Süßigkeit:

»O komm zu mir, wenn durch die Nacht
Wandelt der Sterne Heer!
Dann geht mit uns in Mondespracht
Die Gondel übers Meer.«

Brehm aber saß still da und ließ sich gedankenlos von dem Glück dieser Stunde wiegen.

Brehm hörte Kamp neben sich seufzen. »Der Arme, dachte er, der hat jetzt wohl auch seine unruhigen und unreinen Junggesellenträume!« Kamp hatte seine Träume, aber es war der Zauber derselben Augustnacht, an die Brehm dachte, die auch ihn umfing. Er sah sich wieder auf dem Boden des Kahnes sitzen, zu

Füßen der schönen weißen Frau, er spürte den Duft des Wassers, der Weiden am Ufer, er ließ seine Hand hinabgleiten in das lauwarme Wasser, und dort begegnete er einer anderen Hand, einer kleinen kühlen Hand, und die beiden Hände faßten sich, glitten durch das schwarze, goldgeschmückte Wasser. Zuweilen umstrickten sie die Wurzeln der Wasserrosen wie kleine glatte Schlangen, und dann tauchte die Wasserrose, die ruhig an der Oberfläche gelegen, plötzlich unter. Die kleine Hand, die er in der seinen halten durfte, erfüllte Kamp mit einer unendlich wonnevollen Ekstase, und er begann zu singen, sang, wie er noch nie gesungen – es schien ihm, als seien die Töne, die er in die Dunkelheit hinausrief, leidenschaftlich sehnsüchtige Arme, mit denen er die schöne weiße Frau dort am Bug des Kahnes umschlang:

»Die Luft ist lind wie Liebesscherz.
O süßes Kind, komm an mein Herz!«

Der Morgen dämmerte. In einer grauen Helligkeit standen die Bäume nüchtern und verdrossen da. Eine empfindliche Kälte ließ die beiden jungen Leute in ihrem Erdloch erschauern. Da der Wald jetzt still war, beschlossen sie, sich hinauszuwagen. Sie krochen aus ihrem Loch, krochen eine Strecke weit, erhoben sich dann und schlichen vorsichtig durch den Wald. Plötzlich standen sie am Waldrande. Vor ihnen lag eine Ebene und dort hinten die Schützengräben der Ihren. Nun liefen sie. Ein feindliches Maschinengewehr begann zu bellen, dann ein zweites, eine Granate schwirrte durch die Luft und schlug irgendwo krachend auf. Da schien es Brehm, als folgte Kamp ihm nicht mehr. Er wandte sich um – ja, der Arme lag am Boden! Brehm eilte auf ihn zu: »Was gibt es, Alter?« – »Aus ist es«, sagte Kamp und schaute Brehm mit seinen braunen Samtaugen hilflos an. »Es wird nicht so schlimm sein«, meinte Brehm. »Komm, hier können wir nicht bleiben.« – »Ich kann nicht«, erwiderte Kamp, »geh nur.« Brehm aber ergriff den Kameraden mit seinen starken Armen, lud ihn sich auf und begann zu laufen, blasend und schnaufend, fast mechanisch und gedankenlos. Er fühlte nur die Bürde und fühlte, daß er weiterkommen müsse. Der Weg schien unendlich weit. Endlich rief jemand ihn an, er antwortete, er war am Ziel. Er ließ Kamp zu Boden gleiten und sank neben ihn hin, seine Kräfte waren zu Ende. Jemand sagte: »Der arme Kamp ist tot.« Dann führten sie Brehm fort zu einem Feldbett, auf das er sich warf und in Schlaf versank, wie in einen tiefen, schwarzen Abgrund.

Es war Nachmittag, als Brehm erwachte. Er fühlte sich ein wenig steif, aber gestärkt. Er stand auf und kleidete sich an. Aus der Tasche seines Rockes fiel ein schwarzes Taschenbuch, er entsann sich: Es war Kamps Buch, das ihm dort auf dem Felde herausgeglitten war. Brehm hatte es zu sich gesteckt, jetzt blätterte er gerührt darin. Ein kleiner Briefbogen flatterte heraus, und als Brehm ihn aufnahm, erkannte er Agnetes Handschrift. Die Gute, dachte er, hat sie dem armen Jungen auch noch geschrieben! Das wird ihn gefreut haben. Und er las: »Mein Freund, es ist das letzte Mal, daß ich Dir schreibe. Jetzt, da so viele ihr Teuerstes begraben, laß uns auch unsere törichte Liebe begraben. In dieser furchtbar großen Zeit müssen wir stark und gut sein, damit wir mit reinem Herzen zueinander stehen können. Sei Kurt ein guter Freund. Agnete. Postskriptum: Ich schicke Dir noch einmal etwas von dem Erbwein.«

Brehm verstand nicht. Er las noch einmal und noch einmal. Endlich kam das Verstehen über ihn, kam als eine Welle heißen Zornes, als wildes Verlangen, etwas zu zerschlagen, zu zertrümmern, zu vernichten.

Der Hauptmann kam herein. »Nun, Brehm«, sagte er, »haben Sie ausgeschlafen? Das ist gut. Sie wissen, heute abend gibt's zu tun. Ich glaube, die Arbeit wird höllisch heiß.«

»Um so besser, Herr Hauptmann«, meinte Brehm.

Der Hauptmann ging hinaus. Brehm saß wieder da und starrte auf den kleinen Briefbogen. Zu denken wagte er nicht. Zuweilen zuckte er leicht mit den Schultern und sagte leise vor sich hin: »Ja, ja, so ist es nun.« Seine Stimme klang unendlich mutlos. Heiße Arbeit – hatte der Hauptmann gesagt. Gut, das war es, was er brauchte. Er hatte ja nichts zu verlieren. Die anderen konnten ihr Leben verlieren, aber er – sein Leben war ja eine Einbildung gewesen, ein verlogener Traum, ein Nichts! Heiße Arbeit, die wenigstens war Wirklichkeit, die wenigstens log nicht.

PFINGSTRAUSCH IM KRIEG

Bei dem tollen Blühen der heurigen Pfingstzeit«, sagte Vetter Hoto, »wird man schwach und süß.

Wir gehen umher wie Kandiszuckerstangen und können nichts tun, als uns verlieben.«

In der Tat, es schien, als hätten dieses Jahr alle Knospen Eile, zugleich aufzuspringen. Das alte Landhaus stand da, ganz verschleiert von weißen Blütenbäumen, und der Garten war schwül von dem Dufte der Blumen.

In diesem Duften und Blühen ging die Jugend der Häuser wie in einem Rausche umher, und es war gerade viel Jugend im Hause. Da waren die Töchter des Hauses, die kleinen, wilden Komtessen mit den rötlichen Locken, den weit offenen graublauen Augen und den unruhigen Lippen, die stets darauf zu warten schienen, daß es etwas zu lachen gebe, Dina, Ina und Rita. Dann die Vetter, die siebzehnjährigen Zwillinge, Hoto und Botho, mit den glatt gescheitelten Köpfen, endlich der Vetter Arved, der Leutnant, der ein krankes Herz von der Front zurückgebracht hatte und es hier wieder in Ordnung bringen sollte. Dazu kam noch die Baronin Quanda, die schöne Witwe und Dichterin.

So war das Leben in dieser Pfingstzeit bunt und ausgelassen, als gebe es dort an den Grenzen keinen Krieg und kein Sterben. Nur für eine war die Lebenslage zuweilen schwierig, für die neunzehnjährige Dina, die

Älteste der Töchter des Hauses. Dina war eigentlich keine Komtesse mehr, sondern eine junge Frau.

Gleich auf den ersten Gesellschaften, die Dina besuchte, hatte der Baron Hugo von Thünen ihr seine Aufmerksamkeit geschenkt und ihr in seiner bedächtigen und gründlichen Weise den Hof gemacht. Alle waren darin einig, daß dieses für Dina ein großes Glück sei, denn der Baron Thünen war zwar nicht mehr ganz jung, aber schön, reich, geachtet und klug, die glänzendste Erscheinung der Gesellschaft.

Auch Dina empfand dieses Glück, empfand es mit einer Art Andacht, die ein leichtes Frösteln verursachte, wie wir es fühlen, wenn wir eine Kirche betreten. So verlobte sich Dina mit dem Baron von Thünen.

Als der Krieg ausbrach, ließen sie sich trauen, Thünen ging dann zu seinem Regiment an die Front ab, und Dina kehrte in ihr elterliches Haus zurück.

In Dinas äußerem Leben war somit nichts verändert, aber dennoch war sie eine andere. Sie spürte das an der Art, wie ihre Eltern mit ihr verkehrten, wie die Dienstboten ihr begegneten, ja sogar wie die Schwestern mit ihr umgingen. Sie wurde mehr geehrt, man nahm Rücksichten, und war sie einmal still und nachdenklich, so sahen die anderen sie gerührt an und flüsterten sich zu: »Sie sorgt sich um ihren Mann.«

Wenn die dicken Briefe vom Felde ankamen, diese unendlich liebevollen, ernsten Briefe, dann wurde sie allein gelassen, als sollte sie die Bibel lesen. Zog sie sich zurück, um die Briefe zu beantworten, so war dafür gesorgt, daß sie nicht gestört wurde. Sie saß dann vor dem großen Briefbogen und dachte nach. Es war schwer, diese Briefe zu schreiben. Natürlich liebte sie ihren Mann und sehnte sich nach ihm, aber er war ihr doch eigentlich ein etwas fremder Herr, und sie hatte vor diesen Briefen ein wenig das Gefühl, das sie als Schulmädchen gehabt, wenn sie sich niedersetzte, um einen französischen Aufsatz zu schreiben. Immerhin war es angenehm, die rührende und interessante junge Frau zu sein. Allein es gab Zeiten, in denen sie gern ihre Würde vergessen hätte. Man kann doch nicht immer an seinen Mann denken und sich nach seinem Mann sehnen. In Festzeiten, wenn die Vetter da waren, wenn das Leben bunt und ausgelassen wurde, dann wollte auch sie wieder die wilde kleine Komtesse sein. Aber ihre Mutter sah sie mißbilligend an und meinte: »Ich begreife nicht, wie du zu solchen Albernheiten die Stimmung haben kannst, während dein Mann draußen im Felde ist«, und ihre Schwestern sagten bei manchen Unternehmungen: »Das ist nichts mehr für dich.« Sie mußte bei den älteren Leuten sitzen und fühlte sich ausgeschlossen und unglücklich. In dieser Pfingstzeit jedoch war sie fest entschlossen, ihr Leben zu genießen, zu vergessen, daß sie rührend und interessant war, und die anderen sollten es auch vergessen; sie wollte im Mondschein spazierenreiten, Spaziergänge machen, sich mit den Vettern um die Rasenplätze hetzen.

Nun und die Vetter schickten sich darein, ja Vetter Arved ging so weit, daß, wenn er abends in den dunklen Alleen mit ihr lustwandelte, er ihr stets eine Liebeserklärung machte. Liebeserklärungen waren seine Spezialität, darauf verstand er sich. Wenn Dina ihm einwand: »Aber Arved, ich bin doch eine Frau«, dann meinte er: »Das wird deinem älteren Herrn nichts schaden, daß ich dir das sage und du das anhörst.«

Die Baronin Quanda, bemerkte zu alldem ein wenig spitz: »Ich möchte Ihr leichtes Herz haben, Dinachen.« Dina jedoch machte sich nichts daraus, sie wollte nun einmal ihren Pfingstrausch haben.

Da traf die Nachricht ein, daß Thünen auf einen kurzen Urlaub nach Hause käme. Die Nachricht erschütterte Dina. Sie freute sich, ihren Gatten wiederzusehen; natürlich, eine Frau freut sich immer, ihren Gatten wiederzusehen, und alle erwarteten das von ihr, allein es kam so überraschend, sie war in letzter Zeit mit ihren Gedanken so wenig bei ihm gewesen, es regte sie auf und machte sie nachdenklich.

Der Tag, an dem Thünen kommen sollte, war ungewöhnlich heiß. Die jungen Leute gingen zum Parkteich hinunter, um zu angeln. Die jungen Mädchen begleiteten sie. Während die jungen Leute am Ufer lagen und ihre Angeln bewachten, saßen die Mädchen auf dem Rasen unter ihren großen Strohhüten, Bücher in den Händen, in denen sie nicht lasen. Auch Dina war gekommen, sie war still und in sich gekehrt. Der blühende Faulbaum duftete berauschend, die Sonne glitzerte über dem Wasser, und all das machte die jungen Menschen träge und ein wenig schläfrig. »Wie froh bin ich«, sagte Ina, »daß ich keinen Gatten zu erwarten habe.« »Muß denn immer davon gesprochen werden?« klagte Dina. »Nun«, meinte der Vetter Arved, »das ist doch die Sensation des Tages.« »Was sagt man bei solchem Wiedersehen?« fuhr Ina fort. »Er sagt wahrscheinlich, mein teures Weib – was antwortet man darauf?« »Man errötet und schlägt die Augen nieder«, schlug Vetter Hato vor. »Ich denke es mir überhaupt schwer«, ließ Rita sich jetzt vernehmen, »mit dem Schwager Hugo zu sprechen, er sieht so aus, als könnte man nur ernste Sachen mit ihm sprechen, so über ›Die Weltgeschichte ist das Weltgericht.« »Nun ich danke«, meinte Vetter Arved, »wenn meine Frau mir mit so was käme nach einer Trennung, ich wüßte dann schon, was ich ihr antworten würde.« »Ihr habt alle kein Herz«, sagte Dina, und ihre Stimme bebte.

Mitten im Grün erschien ein Diener und meldete, der Baron Thünen sei angekommen. Dina sprang auf. Sie errötete und machte ein angstvolles Gesicht.

»Wünsche viel Glück«, rief ihr Arved zu, Dina aber sagte, indem sie sich zum Gehen wandte: »Ja, ihr habt's gut, ihr könnt hier ruhig und gemütlich sitzen bleiben.«

Thünen kam seiner Frau in den Garten entgegen. Er ging schnell auf sie zu mit dem etwas steifen Schritt des Kavalleristen. Dina war überrascht davon, wie stattlich er war mit seiner hohen Gestalt und dem schönen braunen Vollbart.

Sein Haar auf dem Scheitel hatte sich gelichtet, und an den Schläfen war es ein wenig grau. Aber das war vielleicht schon früher gewesen, und Dina hatte es vergessen. Thünen war sehr bewegt, er schloß Dina in die Arme und wiederholte immer wieder: »Dina, meine Dina.«

Dann gingen sie in den Gartenwegen auf und ab. Dina war auch sehr gerührt, aber das Gefühl, die Ursache der Aufregung dieses stattlichen Herrn zu sein, bedrückte sie und machte sie befangen, auch dachte sie daran, daß sie jetzt etwas sagen müßte, und sie wußte doch nicht, was. Es war auch nicht nötig, denn Thünen begann zu sprechen:

»Kind, Kind, wenn ich so denke, daß ich monatelang von diesem Glück geträumt habe, das mir als etwas ganz Helles, aber auch ganz Fernes erschien, und nun hängt dieses Glück leibhaftig an meinem Arm. Das ist traumhaft, ja traumhaft. Nun, mein Kind, wie hast du denn gelebt, was hast du getan, was hast du gedacht? War es so, wie ich es mir vorstellte, daß ich in deinen Gedanken immer mit dir lebte, bei all deinen kleinen Beschäftigungen dabei war, bei deinem ganzen jungen heiligen Leben? Ach Gott, du weißt nicht, wie solch ein Gedanke uns in harten, oft grausamen Arbeiten aufrichtet und wärmt.« Und er beugte sich über sie und küßte sie. Nun begann für Dina ein seltsames Leben, immer umgeben von dieser starken und ernsten Liebe. Lustig war es nicht immer, aber es war feierlich. Sie gingen in den Gartenalleen umher, und Thünen sprach von ihrer Zukunft, sprach davon, wie sie sich für ihr künftiges Glück erziehen wollten, damit sie es verdienten. Er gab Dina Vorschriften, sagte viel Schönes und Kluges, oder sie lasen miteinander ein gediegenes Buch, oder sie saßen auf der Veranda, Thünen hielt Dinas Hand in der seinen und unterhielt sich mit der Baronin Quanda. Er unterhielt sich viel und gern mit der Baronin. Sie sprachen dann von Kultur und Psychologie der Völker. Dina schaute gelangweilt vor sich in den Garten hinaus. Sie sah ihre Schwestern und die Vettern mit den Raketts in den Händen zum Tennisplatz gehen oder mit anderen hinausziehen oder lachend durch die Büsche schlüpfen, und das machte sie wehmütig. Das schöne Jugendtreiben schien so weit von ihr fortgerückt, schien auf immer für sie verschlossen, und sie sehnte sich nach der Zeit, da sie noch eine kleine Komtesse war und nicht so verständig und edel zu sein brauchte, um der Liebe des stattlichen älteren Herrn würdig zu sein. Kamen ihre Schwestern und die Vettern nach Hause, dann waren sie erhitzt, hatten Blütenblätter in den Haaren, flüsterten und kicherten und hatten ihre Heimlichkeiten, und Dina fühlte es wohl, sie lachten auch über sie, wie sie es ja auch früher gewohnt gewesen war, über die älteren Leute heimlich zu lachen. In solchen Augenblicken aber hätte Dina weinen können.

Am zweiten Pfingsttage sollte ein Fliederfest gefeiert werden. Nach Sonnenuntergang gingen alle auf eine Anhöhe hinauf, die dicht mit Fliederbüschen bestanden war; dort saß man auf dem Rasen, trank Maibowle und sang gefühlvolle Volkslieder. Ringsum standen die blütenbedeckten Büsche wie eine Mauer aus blaßvioletten und weißen Wolken, irgendwo schlug eine Nachtigall, und endlich stieg der Mond am blaßblauen, sternleeren Himmel empor, ein runder, silberner Mond. Die Mädchen in ihren hellen Sommerkleidern saßen da, die Hände im Schoß gefaltet, die Mainacht mit ihrem Blühen und Duften legte in das Blut der Mädchen ein unruhiges Schwingen, sie bekamen heiße, rote Lippen und schauten mit weit offenen Augen zum Monde auf. Die jungen Leute streckten sich faul auf den Rasen hin, flüsterten zuweilen mit den Mädchen und bliesen den Rauch ihrer Zigaretten in den Duft des Flieders hinein.

»Schön, schön«, sagte Vetter Arved, »man nimmt ein Bad von Duft und Gefühl.«

»Und Mädchen wie die Bilder«, meinte Hoto, »nur schade, daß sie nicht aus den Rahmen steigen.« Dina saß neben ihrem Gemahl. Er hielt ihre Hand und sprach mit der Baronin Quanda über das deutsche Gemüt und das deutsche Herz. Allmählich aber wurden die jungen Leute unruhig, das Fieber der Frühlingsnacht duldete es nicht, daß sie da so still dalagen. Sie begannen umherzugehen, auch die jungen Mädchen erhoben sich, und endlich verschwanden sie hinter den Fliederbüschen, sie sagten, sie wollten der Nachtigall näher sein. Dina hörte sie lachen und plaudern, und endlich wurde es still in den Büschen. Thünen und die Baronin Quanda sprachen jetzt von Goethe, Dina aber wurde es sehr bange um das Herz. Sie fühlte sich wieder verlassen, wie ausgestoßen aus der Maiennacht und ihren süßen Geheimnissen. Der schwüle Duft des Flieders bedrückte sie, es war ihr, als könnte sie hier nicht atmen, die heiße Hand Thünens, die die ihre hielt, erschien ihr eine unerträgliche Fessel, dazu das kluge Gerede der Baronin Quanda – nein, sie ertrug es nicht länger. Vorsichtig zog sie ihre Hand aus der ihres Gatten, erhob sich und schlich sich hinein in das Gewirre der Büsche. Dort atmete sie tief auf, dann griff sie hinein in die blaßvioletten, taufeuchten Blütendolden und drückte sie an ihr heißes Gesicht. Nun stand sie unbeweglich da, schaute zum Monde auf und horchte in sich hinein auf das Pulsen ihres Blutes. Ja, jetzt empfand sie es wieder, jenes Gefühl, das sie als Mädchen an solchen Abenden beseligt hatte, diese selige Unklarheit des Hoffens und Sehnens. Und plötzlich stand Arved vor ihr. »Du, Dina, hier?« fragte er. »Ja«, erwiderte sie, »ich hielt es dort nicht aus. Ach, Arved, ich wollte, es wäre heute noch wie früher. Du, Arved, mache mir noch einmal eine Liebeserklärung, so wie du es verstehst. Mir ist, als hätte ich das unendlich lange nicht gehört.« Arved lachte. »Aber Dina, dein älterer freundlicher Herr macht dir doch jetzt die Liebeserklärungen.«

»Das ist nicht das«, erwiderte Dina, »das ist zu andächtig, und er ist doch nur ein freundlicher, älterer Herr. Ach, Arved, es ist mir, als würden alle Lebenstüren vor mir zugeschlagen und als sei alles aus, sei gut zu mir.«

»Ja, Dina«, rief Arved, »daß du nicht bei uns bist, macht mir die Pfingsttage jetzt leer und traurig. Zu allem Schönen, daß es hier gibt, gehörst du, fehlst du. Heute morgen lag ich hier unter dem Flieder und dachte an dich, sehnte mich nach dir, daß ich hätte heulen mögen, sehnte mich danach, dir wieder in die Augen zu sehen, so lange, bis kleine goldene Funken in deinen Augen erwachen.« Er hatte seinen Arm um ihre Taille gelegt, er bog sie zurück, daß der Mond ihr voll in das Gesicht schien, und küßte das mondbeglänzte Gesicht.

In den Büschen raschelte es, Schritte wurden hörbar. Erschrocken fuhren Dina und Arved auseinander, und Thünen erschien. »Hier bist du, Dina«, sagte er, »ich suche dich. Wir brechen auf.« Er sprach ruhig und freundlich, aber im Mondschein erschien sein Gesicht geisterhaft bleich. Er nahm Dinas Arm und führte sie die Anhöhe hinab.

Die anderen zogen voraus auf der hell beschienenen Straße und sangen. Dinas Herz klopfte. »Was wird er jetzt sagen«, dachte sie, und in ihrer Angst begann sie zu sprechen.

»Wie schön es ist«, sagte sie.

»Ja, schön«, erwiderte Thünen, und an dem Tone hörte Dina, daß er an anderes dachte. Als er dann zu sprechen anfing, klang seine Stimme seltsam verändert und mühsam.

»Es ist vielleicht die grausamste Einrichtung unseres Lebens, daß unser größtes Glück, oft unser einziges Glück in einen anderen hineingelegt ist, und dieser andere weiß es nicht oder will es nicht, es drückt ihn, es schmerzt ihn, und so sind wir gerade dort grausam, wo wir lieben.«

Dinas Hände wurden kalt vor Aufregung. Sie verstand ihn nicht. Was wollte er?

»Aber du, mein Kind«, fuhr Thünen jetzt mit weicher Stimme fort, »du sollst nicht leiden. Meine Liebe soll dich nicht drücken, nicht quälen, soll dein Leben nicht verkümmern. Das will ich nicht, nein, nur das nicht. Du sollst dein junges Leben voll ausleben, das Glück deiner Jugend genießen. Alle Türen des Lebens sollen dir offen stehen, kein Schatten soll auf dein Leben fallen, am wenigsten mein Schatten, der Schatten«, er hielt einen Augenblick inne, und als Dina zu ihm aufschaute, sah sie, daß das bleiche Gesicht unendlich schmerzvoll lächelte, »des fremden älteren Herrn«, fügte er hinzu, »nein, der wird dich nicht stören, der nicht. Gott, da unten wird ja jetzt die große Abrechnung gehalten, dort sind so viele Türen, die sich schließen.« Er hatte die letzten Worte leise und wie zu sich selber gesprochen, endlich versiegte seine Stimme.

Dina hatte atemlos zugehört. Was sollte sie tun, sie weinte.

»Weinst du, mein Kind?« fragte Thünen sanft. »Weine nicht, du brauchst nicht zu weinen. Es wird alles gut, es wird alles kommen, wie es kommen muß. Und später einmal wirst du es vielleicht verstehen, daß meine Liebe so groß war, daß sie fürchtete, dich zu quälen, daß sie dich vor sich selbst schützen wollte.«

Sie waren an das Haus gekommen. Thünen blieb stehen, nahm Dinas Hand und sagte freundlich und fast heiter: »Nun gute Nacht, mein Kind, schlafe süß. Ich geh' noch ein wenig in der Frühlingsnacht spazieren, ich habe mir manches noch zu überdenken. Schlafe gut.«

Damit verließ er sie und verschwand in der Dunkelheit der Gartenallee.

Den nächsten Morgen ganz früh reiste Thünen zu seinem Regiment ab.

DAS VERGESSEN

Die Baronin Tilli drückte hastig und nervös den Knopf der elektrischen Klingel an der Haustür der Gräfin Rasch. Die Glocke schlug schrill und ungeduldig an. Als der Diener die Tür öffnete, eilte die Baronin an ihm vorüber, warf ein nachlässiges »Melden Sie mich!« hin und betrat das Wohnzimmer. Da sie sich dort allein befand, ging sie mit erregten, kleinen Schritten einige Male auf und ab, endlich blieb sie vor dem Spiegel stehen. Sie schaute sich ernst in die Augen, in die intensiv blauen, großen Augen. Sie war mit ihrem Anblicke nicht zufrieden. Das kindlich runde Gesicht war heute blaß, die Nase war wie immer zu klein und ein wenig nach oben gebogen, und der hübsche rote Mund hatte heute etwas Vergrämtes und Ältliches. Ja, das war es, sie wurde alt. Die Baronin hatte in den ersten Kriegsmonaten ihren Gatten verloren, und sie hatte den gütigen, älteren Herrn aufrichtig beweint, jetzt aber begann sie die Trauerkleider allmählich mit helleren zu vertauschen. Die schwarzen Gewänder, die Kreppschleier machten sie zu elend. Es konnte keine Untreue gegen ihren armen Wilhelm sein, wenn sie heute ein elfenbeinfarbenes Kostüm trug und ein wenig weiße Blumen auf den Hut steckte.

»Heute wieder sehr hübsch, mein Kind!« hörte sie eine Stimme hinter sich sagen.

Die Gräfin war in das Zimmer getreten, eine kleine gebückte Frau in Trauergewändern, das kleine weiße

Gesicht von einer großen Krepphaube umflattert. Tilli wandte sich schnell um. »Hübsch, Tante«, sagte sie, »ach nein, wozu auch. Wozu sollen wir jetzt hübsch sein?« Dann umarmte sie die alte Frau, umarmte sie so leidenschaftlich, daß diese besorgt fragte: »Ist etwas geschehen?«

»Nein, es ist nichts geschehen«, erwiderte Tilli, »aber ich muß mit dir sprechen, Tante, über mich sprechen, über meine Seelenleiden.«

»So, so, Gott sei Dank, wir werden in diesen Zeiten so schreckhaft. Deine Seelenleiden also, Kind, gut, setze dich zu mir.« Die Gräfin setzte sich in einen Sessel, Tilli ließ sich auf einem Schemel zu ihren Füßen nieder und faßte nach den welken, weißen Händen der alten Dame. »Tante«, sagte sie, und ihr Gesicht drückte jetzt wirklichen Schmerz aus, ihre Augen wurden feucht, »Tante, so kann ich nicht weiterleben, ich kann es nicht. Um einen her immer nur dieses Entsetzliche und Grausame, man hört nur von Sterben und Leiden, und alle Menschen sind traurig, und man wartet immer auf neue Schrecklichkeiten, nein, das kann ich nicht ertragen.« Die alte Dame lächelte matt und sagte mit ihrer müden, geduldigen Stimme: »Liebes Kind, wir alle glaubten es nicht ertragen zu können, wir sind aber alle tapferer, als wir es selbst glaubten, keiner von uns hat gewußt, daß er so viel ertragen kann.«

»Ja, ihr«, rief Tilli, »ihr anderen, ihr seid tapfer, ihr seid edel, ihr seid groß, was weiß ich, aber ich bin nicht tapfer, ich bin nicht groß, ich sterbe an all diesen Dingen. Sie sagen, ich soll etwas tun. Was soll ich tun? Kranke pflegen kann ich nicht, ich kann keine Wunden sehen, ich kann nicht leiden sehen, dazu hab' ich ein zu weiches Herz. Ich würde ja nähen und stricken, wenn es auch die Hände verdirbt, aber du weißt, wie schlecht ich nähe, und das Stricken macht mich entsetzlich nervös. Also was soll ich hier, das hilft doch den armen tapferen Soldaten nichts, wenn ich mich zu Tode gräme.«

»Ja, was willst du denn tun«, fragte die Gräfin ein wenig erstaunt.

»Ich will fortgehn«, antwortete Tilli, »ganz fort in die Berge. Ich will in einem Bauernhause wohnen, nur Bauern und Kühe sehn, nichts von all dem Schrecklichen hören, ich will für eine Weile vergessen, all das Schreckliche vergessen. Seit mein armer Wilhelm tot ist, habe ich niemanden draußen, um den ich mich zu sorgen habe, und ich will auch nicht. Jetzt in dieser Zeit zu lieben ist zu grausam. Nein, nein, eine Weile ganz Ruhe, nichts denken, nichts fühlen, das ist es, was ich haben muß.«

»Vergessen«, wiederholte die alte Dame, »können wir das? Das Denken und Fühlen, das folgt uns doch.«

»Nein, ich glaub', ich kann es«, rief Tilli, »all das hier macht mich zu elend, macht mich zu müde. Ich werde in meinem Bauernhäuschen sitzen, und es wird sein, als sei die Welt hinter mir versunken. Mimi Neuber geht mit mir, du weißt, sie ist so gemütlich ruhig, nichts regt sie auf, meine Theres wird mir kochen, und vom Kriege wird nichts zu uns dringen.« Und plötzlich legte die junge Frau ihren Kopf in den Schoß der alten Dame und begann zu weinen. »Ist das schlecht von mir«, schluchzte sie, »ist das herzlos? Mir tun ja all unsere braven Soldaten so leid, aber ich kann ihnen nicht helfen, ich bin feige und schwach, ich sterbe daran.« Die Gräfin legte ihre Hand sanft auf Tillis blonden Scheitel und sagte: »Ach Kind, was sollen wir einer dem andern in dieser Zeit Vorwürfe machen. Ein jeder trägt sein Leid, wie er kann. Geh, wenn du mußt, vergiß, wenn es dir möglich ist.« Tilli erhob ihren Kopf, das tränenfeuchte Gesicht lächelte jetzt. »Wie gut du bist, Tante«, sagte sie, »ich glaube, ich habe mich in meinem Leben noch nie so sehr auf etwas gefreut wie auf diese Einsamkeit und auf die Stille und auf die Berge und auf die Wiesen, und keine Zeitung und keine Telegramme und keine Verwundeten und keine weinenden Menschen. Also du denkst, Tante, es ist nicht schlecht von mir, wie bin ich dir dankbar, daß du das sagst.« Die alte Dame lächelte melancholisch. »In dieser Zeit«, meinte sie, »können wir einer dem andern nicht raten, wir sind ja selbst ratlos. So tu denn, was du tun mußt, Kind, aber ich fürchte, das Vergessen ist eine Kunst, die wir nicht gelernt haben.«

Als Tilli und ihre Freundin durch das entlegene Bergdorf fuhren, lag das Tal bereits voller Mondenschein. Glitzernde Nebel hingen an den Bergen, und matt leuchtende Schleier breiteten sich über die Wiesen. Das bleiche Licht ließ das Tal geräumiger erscheinen und seltsam still. Ein großes Schlafgemach, in dem alles schlief und über dem eine riesige Nachtlampe hing. Tilli faltete andächtig die Hände, in diesem Lichte, in dieser Ruhe lag etwas, das ihr den Atem benahm. Der Wagen hielt vor einem stattlichen Bauernhause, vor der Tür stand eine blonde Bäuerin, groß wie ein Mann, und reichte den Ankommenden zum Willkomm eine harte, kalte Hand. In den Fenstern des unteren Stockes lagen blonde Kinder im Hemde und starrten großäugig den Wagen an. Im oberen Stock empfing Therese, die vorausgefahren war, ihre Herrschaft. Alles war hier schon wohnlich, die Lampe brannte, der Tisch war gedeckt, nebenan in der Küche brodelte etwas, im Zimmer roch es nach den frischgetünchten Wänden und dem frischgescheuerten Fußboden. Die Tür zum Balkon stand geöffnet, Mondschein und das kühle Duften der Nacht drangen herein. Tilli sagte nur »oh« und setzte sich auf das Sofa, ohne abzulegen, sie saß da ganz still und starrte in die Mondnacht hinaus.

Mimi war vor ihr stehen geblieben, sie neigte den Kopf ein wenig zur Seite und schaute ruhig mit ihren braunen, friedlichen Augen ihre Freundin an. Sie liebte es, so auf einem Flecke stehen zu bleiben und träge ihre Blicke an einem Gegenstand haften zu lassen.

»Weißt du, wie das hier ist«, begann Tilli endlich, »als Kind wurde man doch von so unheimlichen Träumen geschreckt, und dann wachte man auf, und der unheimliche Traum war fort, und man sah vor sich die alte Kinderwärterin an der Lampe sitzen und stricken. Siehst du, so ist es jetzt hier.«

Mimi lächelte nachdenklich, dann kam Theres mit dem Essen. Die Freundinnen sprachen während der Mahlzeit wenig, sie fürchteten, durch Erwähnen der Dinge, die sie verlassen hatten, den Zauber der Lebenslage zu brechen. Später saßen sie auf dem Balkon beisammen und schauten hinaus in die mondbeglänzte

Stille. Zuweilen schlug ein Hund im Dorfe an, eine Kuh brüllte im Stall, über ihnen, unter dem Dach, zwitscherte eine Schwalbe im Traum, alles friedliche, verschlafene Töne. Plötzlich kam ein Schritt die Treppe hinauf; ein fester Männerschritt, eine Tür wurde geöffnet und wieder zugeschlagen.

»Das ist der Leutnant«, erklärte Therese, die den Tisch abräumte. »Der Leutnant!« riefen die beiden Damen zugleich erschrocken und klagend. »So«, fuhr Therese fort, »der Herr von Dohm, er ist Fliegerleutnant. Seine Nerven sind kaputt, die will er hier kurieren, darum läuft er in den Bergen herum, ein hübscher Herr.«

»Ein Fliegerleutnant«, wiederholte Tilli, und aus ihrer Stimme klang es wie Verzeiflung. »Auch das noch.«

»Wir tun, als sei er nicht da«, beschloß Mimi ruhig, aber Tilli klagte: »Muß uns dieser Krieg denn überall nachkommen.«

»Er muß seine Nerven kurieren«, tröstete Mimi, »so wird er sich um uns auch nicht kümmern.«

Die Damen waren müde von der Fahrt, darum gingen sie bald zur Ruhe. Sie schliefen in einem Zimmer. Durch die Ritzen der geschlossenen Fensterläden drang ein wenig Mondlicht. Draußen ging ein eintöniges Wehen durch die Sommernacht, wie leises Rauschen großer Flügel, unter denen Tilli sich unendlich geborgen fühlte. Sie sprachen in abgerissenen Sätzen von friedlichen Dingen, bis Tilli, schon halb im Schlafe, murmelte: »Nein, den Leutnant will ich nicht!« und Mimi schlaftrunken antwortete: »Er wird uns nichts tun.«

Am nächsten Tage begannen die Freundinnen ihr neues Leben, wie Tilli es nannte. Sie standen früh auf, tranken mit Andacht die echte Landmilch. »Die schmeckt«, sagte Mimi, »nach tiefer, weißer Ruhe.« Dann gingen sie hinaus in den flimmernden Morgen. Das Wehen von den Bergen, schwer von Düften, war erschütternd wohltuend. Die Wiesen waren noch grau vom Morgentau, aus den Bergschluchten dampften weiße Nebel. »Das ist es, wonach ich mich sehnte!« rief Tilli, und eine Ekstase des Glückes erhellte ihr kindliches Gesicht. Kühe weideten am Waldrande und schauten die Vorübergehenden an, als wollten sie sagen: »Es ist nie etwas geschehen und wird auch nie etwas geschehen.« Schnell gingen die beiden Damen die Wiesenwege entlang, sprachen von den Blumen, den Bergen, den Kühen, hastig und in froher Erregung. Da sahen sie plötzlich auf einem entfernten Wege einen Herrn einhergehen, in hellem Sommeranzug, den Strohhut auf dem Kopfe. »Mein Gott, der Leutnant!« rief Tilli. »Kehren wir um, daß wir ihm nicht begegnen.« Sie kehrten um und gingen, ja sie liefen fast dem Walde zu. Atemlos blieben sie dort stehen und lächelten einander an, sie waren der Gefahr entronnen. Wie sie jedoch eine Weile den Waldweg entlanggegangen waren und auf eine Lichtung hinaustraten, sahen sie gemächlich unter einem Baume hingestreckt wieder die helle Gestalt des Leutnants. Sie fuhren zurück, und wieder begann das hastige Fliehen, bis sie zu Hause anlangten, geborgen vor der Gefahr.

»Der schreckliche Mensch«, sagte Tilli, »er ist überall.« Der Gang hatte sie hungrig und müde gemacht.

Lange hatte ihnen nichts so gut geschmeckt als das Mittagessen. Theres erzählte von dem Dorfe, die Bäuerin hatte ihren Mann im Felde, die Stallmagd ihren Burschen. Tilli jedoch unterbrach sie streng. »Lassen Sie das, Theres, es ist traurig, aber wir können nicht helfen. Vielleicht ist das herzlos von uns, aber wir müssen jetzt eine Weile ohne Herzen umhergehen, sonst sterben wir.«

Abends ging es wieder hinaus. Sie saßen auf Bänken und betrachteten den Sonnenuntergang, sie sahen, wie die Dämmerung niedersank, und warteten auf das Wetzen der Feldgrillen, und immer wieder tauchte irgendwo der Leutnant auf, und sie mußten fliehen, um ihm nicht zu begegnen. Sie lachten dabei, und es wurde zu einem unterhaltenden Spiel. Wenn die Nacht gekommen war, saßen sie auf ihrem Balkon, die Füße heiß vom Gehen, sprachen von fernen, lieblichen Dingen, von ihrer Kindheit, von ihren Kleidern und endlich vom Leutnant.

Nach einigen Tagen kam es dann, wie es kommen mußte. Tilli und Mimi pflückten eines Morgens Blumen auf einer Wiese, da hörte Tilli neben sich eine Männerstimme sagen: »Ich kann Ihnen, gnädige Frau, vielleicht einige Mühe ersparen, wenn ich Ihnen diese Blumen anbiete.« Tilli fuhr auf, vor ihr stand der Leutnant, lächelte und reichte ihr einen Strauß Feldblumen. Einen Augenblick dachte Tilli daran, kühl und abweisend zu sein; sie griff jedoch nach den Blumen, errötete und sagte: »Oh, die schönen Blumen!« »Ich gestatte mir, mich vorzustellen«, fuhr der Leutnant fort, »von Dohm.« »Ja, die Blumen sind für solche Erholungszeiten der zuträglichste Umgang, kühl und still.« »Sie wollen sich auch hier erholen?« sagte Tilli. Ja, der Leutnant wollte sich erholen, und dazu war es hier der rechte Ort, meinte er. Er ging jetzt neben den Damen her; sie sprachen vom Wetter, es hatte einen Abend etwas geregnet, ein Gewitter hatte über den Bergen gestanden; dann sprachen sie vom Wetter in früheren Sommerfrischen. In einer kurzen Pause schaute Dohm zum Himmel auf und versetzte: »Blau wie in Italien. Wenn ich das sehe, habe ich Lust, mich auf meinen Apparat zu setzen und geradewegs in das Blau hineinzufliegen.« »Ach nein«, rief Tilli, »bitte nicht, Sie werden doch nicht ...«

»Von meinen Erlebnissen erzählen«, ergänzte Dohm lachend. »Seien Sie unbesorgt, gnädige Frau, die sind beiseite gelegt; ja, ich träume nicht einmal jede Nacht von ihnen.« »Nicht wahr«, bestätigte Tilli, »hier kann man wieder schlafen – ohne zu träumen. Das ist, weil man nicht immer von diesen furchtbaren Sachen spricht.« »Wozu auch immer sprechen«, meinte Dohm. »In diesen Zeiten kann man nicht einmal fragen: ›Haben Sie vorigen Winter viel getanzt?‹ Aber die Burschen und Mädchen hier gehen auch lange stumm nebeneinander her und unterhalten sich dabei köstlich.« Darüber mußte Tilli wieder erröten. Abends sagte Tilli zu Mimi: »Er ist nett, der wird uns nicht stören.« Und Mimi antwortete in ihrer ruhigen, langsamen Art: »Ich würde nur raten, ihn nicht durch Koketterie aufzuregen.« »Wer ist kokett?« rief Tilli, und es gab einen kleinen, gereizten Wortwechsel.

Als Tilli am nächsten Morgen zum Frühstück erschien, sagte Mimi erstaunt: »Du hast ein weißes Musselinkleid an? Es ist heute ja nicht Sonntag.« »Nein, es ist nicht Sonntag«, erwiderte Tilli ein wenig hochmütig, »aber du hast ja auch dein schönes blaues Musselinkleid an.« Dann ließen sie den Gegenstand fallen, sie verstanden einander zu gut. Der Leutnant von Dohm aber wurde jetzt der unzertrennliche Kamerad der beiden Freundinnen. Sie machten lange Spaziergänge miteinander, sammelten Blumen, sie gingen in den Wald und suchten Schwämme, oder sie saßen auf dem Moose beisammen, ließen die Blätterschatten über sich hin flirren, sangen Volkslieder, sprachen von ihrer Kindheit, oder sie saßen schweigend da, lächelten einander an, stolz auf die schöne Erfindung, in diesen schweren Zeiten, in denen jedes Gespräch so leicht an eine Wunde rührt, sich schweigend so köstlich zu unterhalten. Mimi allerdings war in den letzten Zeiten ein wenig still und gedrückt und zu Hause im Umgang mit Tilli auch ein wenig säuerlich. Tilli beachtete das nicht, auch hier wiederum verstanden die Freundinnen einander zu gut.

Die hellen, stillen Tage schienen Tilli unendlich schnell dahinzugleiten, sie zählte sie nicht, sie wollte nicht an die Zukunft denken, ja, sie wollte überhaupt nicht denken. Eines Morgens, als Mimi, wie es jetzt öfters vorkam, sich zu lange bei ihren häuslichen Beschäftigungen aufhielt, ging Tilli allein hinaus. Der Morgen war köstlich, blitzend von Sonnenschein und Tau. An der Wiese hinter dem Hause wartete der Leutnant. »Welch ein Morgen!« rief Tilli ihm entgegen. Sie fühlte sich heute glücklich und fühlte, daß dieses Glück sie schön mache. »Prächtig, prächtig!« erwiderte Dohm und ließ seine blanken braunen Augen so wohlgefällig auf der jungen Frau ruhen, daß diese die ihren niederschlug. »Und es ist gut so«, fuhr er fort, »denn es ist mein letzter Morgen hier; heute nachmittag geht es wieder an die Arbeit.« Er sagte das leichthin. Auf Tillis Gesicht aber malte sich ein jäher, hilfloser Schreck, sie ließ die Arme sinken, und ihre Augen füllten sich mit Tränen. »Sie gehen, Dohm?« sagte sie leise. »Ja«, erwiderte er, »es ist höchste Zeit. Ich sprach nicht davon, um nicht die schönen Stunden, die mir noch blieben, zu verderben. Und sprechen wir jetzt auch nicht davon, genießen wir den schönen Morgen.«

Sie gingen schweigend eine Weile nebeneinander her. Tilli schlug die Augen nieder, und um ihre Mundwinkel zuckte es. Endlich begann Dohm wieder: »Bisher sind wir in unseren Gesprächsstoffen sehr vorsichtig gewesen, dennoch möchte ich heute ein ganz neues Thema wählen. Ich möchte nämlich von meiner Liebe zu Ihnen sprechen. Diese Liebe ist für mich unendlich wertvoll, denn, indem wir die große Arbeit für das Vaterland tun, müssen wir in diesem Vaterlande eine Gestalt haben, in der sich all unsere Liebe konzentriert, in der sie sich verkörpert, die in unseren Träumen zu uns kommt, deren Gegenwart wir in den härtesten Augenblicken spüren, und das, Tilli, sind Sie mir in diesen Tagen geworden.«

Tilli blieb stehen, sie sah zu Dohm auf, ihr Gesicht war von Tränen überströmt, und doch lächelte sie, ein seltsam ratloses, kindliches Lächeln. »Ach, Dohm«, sagte sie, »ich wollte doch nicht – ich wollte doch nicht – lieben, das bricht uns das Herz.« Dohm lächelte. »Nein«, sagte er, »Lieben macht stark, nur Lieben macht stark.« Und er nahm sie in seine Arme und küßte ihren ratlos lächelnden Mund. »Ich gratuliere«, sagte eine Stimme neben ihnen; es war Mimi. Sie stand da und schaute ernst und bleich auf die Liebenden. »Ah, unsere Freundin«, sagte Dohm, »Sie müssen verzeihen, daß der böse Leutnant diese Unruhe in Ihre schöne Zeit des Vergessens gebracht hat.«

Am Nachmittag fuhr Dohm fort. Tilli war standhaft; als der Wagen jedoch auf der Landstraße um die Ecke gebogen war, lief sie in den Wald, warf sich auf das Moos nieder und weinte, wie sie seit ihren Kinderjahren nicht geweint hatte. Nicht weit davon aber saß Mimi auf einer Bank und weinte auch. In der kleinen Dorfkirche begann schon das Abendläuten, als Tilli nach Hause kam. Mimi erwartete sie schon. Beide setzten sich schweigend zu ihrer Abendmahlzeit, von der sie nur wenig genießen konnten. Später saßen sie auf dem Balkon, starrten in die Nacht hinein und sangen vor sich hin. Endlich sagte Tilli: »Morgen fahren wir in die Stadt zurück. Was soll ich hier. Ich will dort sein, bei den anderen, die leiden. Der Krieg ist ja wieder mein Krieg.« »Ich hatte dich gewarnt«, sagte Mimi trokken.

DIE FEUERTAUFE

Der Major, der Oberleutnant und ich hatten es uns in dem verlassenen Pfarrhause des halb zerstörten litauischen Dorfes gemütlich gemacht. Ein Abend der Ruhe, eine Nacht des Schlafes lag vor uns. Der Bursche hatte eine Gans erobert, die nebenan in der Küche gebraten wurde. Eine edle Schloßherrin der Nachbarschaft hatte uns Rotwein geschickt, echt französisches Traubenblut. Das Zimmer war warm. Das waren Genüsse, die voll ausgekostet werden sollten.

Den Tag über hatte es geschneit, jetzt stand der Mond am wolkenlosen Himmel. Die kleinen, grauen Häuser waren von weißen Schleiern überdeckt, die großen schwarzen Brandwunden in den Mauern wie von weißen Samtpolstern verstopft. Es lag die stille Festlichkeit über all diesem mondbeglänzten Weiß. Wir hatten unsere Stühle an den Ofen herangerückt, in dem ein großes Feuer brannte, die feuchten Scheite prasselten und erfüllten das Zimmer mit einem leichten Rauchgeruch. Der Major streckte die Füße von sich, seufzte tief vor Behagen auf und meinte: »So ist's gut, mehr braucht der Mensch nicht.« – »Nein, mehr braucht er nicht«, bestätigte der Oberleutnant und gähnte.

»Ja«, fuhr der Major fort, »doch eigentlich ein recht einfaches Wesen, so ein Mensch. Eine warme Stube, auch gutes Essen und ein gutes Bett – und alles fällt von uns ab, wir sind ganz wunschlos, wollen nur dasitzen und vor uns hinschnurren wie die Katzen.«

»Daß man das kann«, wagte ich zu bemerken, »ist doch auch eine gute Einrichtung. Der Körper will doch auch sein Recht, mit der ewigen Seele plagen wir uns genug ab, die kann auch einmal zurücktreten.«

Keiner antwortete, und so schauten wir alle drei schweigend in die Flammen. Draußen wurde die Stille zuweilen durch einen harten Soldatenschritt, der über den Schnee knirschte, unterbrochen.

Ein einsamer Hund bellte klagend zum Mond auf. Nebenan in der Küche flüsterte der Bursche mit dem litauischen Mädchen, dessen nackte Füße wir über den Fußboden stapfen hörten. Zuweilen zischte die Gans auf, und da versetzte der Major: »Auch Musik, und nicht die schlechteste.« Endlich kam der Bursche und deckte unter unserer schweigenden Aufmerksamkeit den Tisch. Dann kam die Gans. Wir rückten unsere Stühle an den Tisch und gaben uns in andächtigem Schweigen der heiligen Arbeit des Essens hin. Der Oberleutnant war zuerst fertig, schob seinen Teller zurück und meinte: »Ein göttlicher Vogel.« – »Ja«, erwiderte der Major nachdenklich, »und ich glaube, die Gerüchte über seine Verstandeseigenschaften sind übertrieben. So gut zu schmecken ist auch Intelligenz.«

Der Bursche brachte den Rotwein, füllte die Gläser, wir zündeten umständlich unsere Zigarren an, stützten die Ellenbogen auf den Tisch und fühlten die Gemütlichkeit wie etwas Warmes und Weiches, das uns einhüllte. Der Major ergriff sein Glas und sagte: »Auf das Wohl der edlen Spenderin.« Wir stießen an und kosteten vorsichtig den Wein.

»Ja, diese Weiber«, fuhr der Major fort, »herrliche Geschöpfe.«

»Das allerdings«, meinte der Oberleutnant und lächelte.

»Na ja«, versetzte der Major, »Sie sagen das wie einer, der sich in der Sache auskennt. Natürlich. Ihr jungen Leute, ihr glaubt alle, Weiberkenner zu sein, ihr glaubt in den Weibern zu lesen wie in eurem Gebetbuch, aber in diesem Gebetbuch stoßt ihr dann auf ein Wort, ist es chinesisch oder sonst was, jedenfalls keiner kann es lesen und verstehen.«

Der Oberleutnant erwiderte nichts, ich aber sagte: »Ach ja, das gehört zur Gemütlichkeit. Wollen wir von den lieben Weibern sprechen.«

»Gut«, versetzte der Major, »soll ich Ihnen mal eine meiner Weibergeschichten erzählen? Schließlich, man ist ältlich, dick und materiell, aber man hat doch auch seine Erfahrungen gehabt.«

»Natürlich erzählen«, rief ich. »Etwas Besseres kann uns nicht geschehn.«

Der Major hob sein Glas gegen die Flamme der Kerze hinauf und versenkte sich sinnend einige Augenblicke in den rubinroten Schein des Weines, dann trank er den Wein langsam aus.

»Es ist ein wenig lange her«, hub er an, »daß die Geschichte passierte. Ich war noch nicht ganz 20 Jahre alt und war eben Leutnant geworden. Nun, Sie wissen ja, das ist ein Lebensaugenblick, in dem wir am zufriedensten mit uns und der Welt sind. Ich glaube nicht, daß irgend jemanden ein größeres Hochgefühl beseelt als einen frisch gebackenen Leutnant. Ich war einer Einladung zu den Herbstjagden in ein Schloß gefolgt. Das war dort ein Leben, wie es solch einem jungen Hunde, dem die Lebenslust bis in die Fingerspitzen hinein brennt, nur träumen kann. Ein herrliches Schloß, vorzügliche Aufnahme, glänzende Jagd, dazu eine zahlreiche auserlesene Gesellschaft, Musik, Tanz, kurz alles, was ein Leutnantsherz nur wünschen kann. Dazu kam, und das war mir damals das Wichtigste, daß die Gesellschaft zum Teil aus einem Kreis wunderschöner Frauen bestand. Es geht uns allen wohl so, daß, wenn wir älter werden, es uns scheint, als habe es in unserer Jugend mehr schöne Frauen gegeben als in der Gegenwart. Das kommt wohl davon, daß zwanzigjährige Augen doch anders gebaut sind als vierzigjährige. Die schönste aber der schönen Frauen war eine Gräfin mit polnischem Namen, sie stammte jedoch von weiter unten her, war sie Rumänin oder Griechin, ich weiß es nicht, aber sie hatte jene langgeschnittenen dunklen Augen mit dem feuchten Edelsteinglanz, wie wir sie bei Orientalinnen finden. Ihr Gesicht war immer alabasterweiß, und ihr Mund, der in seltsam bewegliche spitze Winkel auslief, hatte die rötesten Lippen. Auch ihr Gang war seltsam sinnberückend. Gewöhnlich langsam, ein wenig träge und schwankend, kam zuweilen eine plötzliche hurtige Beweglichkeit in ihn, so daß es schien, als liefe dann ein leichter Schauer durch die weichen Falten ihrer Kleider. Ich mußte an eine Forelle denken, die träge im Sonnenschein dahinschwimmt und dann plötzlich mit einer Wendung pfeilschnell dahinschießt. Natürlich waren alle in die schöne Gräfin verliebt, und das wollte sie, es war, als lebte sie erst auf, wenn bewundernde und begehrende Männeraugen auf ihr ruhten. Selbst unser Kommandeur konnte ihr nicht widerstehen. Er rückte gern seinen Stuhl nah an den ihren heran und starrte sie mit seinen hervortretenden blauen Augen unverwandt an. Sie lächelte dann, legte ihre Hand leicht auf seinen Arm und sagte: ›Wie liebenswürdig, Herr Oberstleutnant, ist es von Ihnen, sich zu mir zu setzen. Man fühlt sich so sicher, wenn man neben dem lieben Gott des Regiments sitzt.‹

Überraschend für mich und auch für die anderen war es, daß die Gräfin vor allem mich mit ihrer Gunst beehrte. Ich war ein hübscher Junge, und ich wußte das, so was weiß man immer, und Sie kennen ja das selber, das machte mir viel Vergnügen. Allein, über diesen Erfolg war ich selbst ein wenig erstaunt. Die Gräfin zeichnete mich überall aus, sie ging mit mir in den Alleen des Gartens und sprach von innigen Dingen, sprach davon, daß sie nie glücklich gewesen sei, sprach davon, daß eine große Leidenschaft das einzige sei, das das Leben lebenswert mache, nannte das Leben einen Traum und ähnliches. So was geht natürlich ins Blut und steigt zu Kopf, wenn eine dunkle, ein wenig singende Frauenstimme es zu einem spricht. Ich empfand das wohl, aber, ich war noch jung und ungeschickt, diese schönen, geheimnisvollen Reden, dies Alleinsein mit der herrlichen Frau, es machte mich befangen, ich glaubte, ich müsse auch etwas sagen, etwas Schönes und Geheimnisvolles, und doch fiel mir nichts ein. Zuweilen schwieg die Gräfin und schaute mich mit ihren Edelsteinaugen wie erwartungsvoll an, und ich fühlte, daß ich jetzt etwas tun, etwas sagen mußte, und dennoch tat ich nichts und sagte nichts und war erleichtert, wenn das Zusammensein mit der schönen Frau unterbrochen wurde. Natürlich war ich stolz auf all das, sah mich von den anderen beneidet und kam mir selber sehr interessant vor, so recht mit dem Herzen jedoch war ich nicht dabei. Ich war nämlich schon verliebt, und zwar in Milli, die Tochter des Hauses. Milli war eben erwachsen, hatte zuweilen ein wenig eckige, kindliche Bewegungen. In ihrem runden Gesichte saßen runde graue Augen, und ihr schmaler Mund konnte seltsam spöttisch lächeln. Milli war nicht so schön wie die Gräfin, aber in Milli verliebt zu sein war heiterer und gemütlicher.

Eines Abends stand der Vollmond über dem Garten und beschien hell die Gartenwege. Das reizte die Gräfin. Sie rief nach ihrem Schal und behauptete, sie müsse in den Mondschein hinaus, und zwar mit mir. ›Kommen Sie, Leutnant‹, sagte sie, wie eine Königin, die ihrem Pagen befiehlt, ihr zu folgen. So gingen wir in den Garten hinaus. Als sei es gestern gewesen, so spüre ich heute noch die Frostluft, rieche den Duft der Herbstblätter, ein Duft nach Feuchtigkeit und Vanille, der mich in der Jugend stets zu Erlebnissen und Abenteuern anregte. Am Wegrande standen schwarz die Dahlienstengel und senkten ihre vom Frost verbrannten Blütenköpfe, irgendwo dufteten noch verspätete Reseden. Die Gräfin schritt schweigend neben mir her, ihr vom dunklen Schal umrahmtes Gesicht hob sie zum Monde auf, und es erschien seltsam weiß, ein Weiß, wie mattes Silber es zuweilen hat, hinter ihr raschelte leise die Schleppe ihres Kleides über die welken Blätter. Mir war verteufelt wunderlich zu Mut, so unirdisch, fast gespenstisch, aber wie einem Gespenst, in dem das Leben noch heiß genug kocht. Endlich begann die Gräfin zu sprechen mit ihrer dunklen, singenden Stimme: ›So ist es gut, solche Augenblicke sind die einzigen, die zählen, alles andere ist schwer und häßlich, wir müssen uns dem Leben entrückt fühlen, nur dann wird uns leicht. Uns muß sein, als gingen wir durch einen Traum. Ja, im Traum sind wir zuweilen glücklich! Haben Sie nicht auch zuweilen geträumt, Sie gehen einen Weg entlang, der hell beschienen ist von bleichem Traumlicht und in Ihrem Herzen brennt eine seelische Erwartung, denn Sie wissen, etwas kommt auf Sie zu, ein Glück, und Sie gehen ihm entgegen – das sind Augenblicke, in denen ich sterben könnte, fürchten Sie sich vor dem Tode?‹

›Nein‹, sagte ich brav.

›Natürlich, Sie sind Soldat‹, fuhr sie fort, ›ich fürchte mich vor dem Tode, er ist dunkel und einsam, aber mitten in einem glücklichen Traume könnte ich sterben; nur zu zweien müßte man träumen können und zu zweien sterben, nicht wahr, fühlen Sie das nicht auch?‹

Sie war stehengeblieben und schaute mich an, das Mondlicht erweckte in dem tiefen Schwarz ihrer Augen kleine goldene Blitze. Die zauberhafte Stimmung war für mich dahin, denn ich dachte jetzt nur daran, was sagt man in solch einem Fall. Ich strich über meinen Schnurrbart und sagte: ›Allerdings, Frau Gräfin.‹ – ›Sie sind noch jung‹, sagte sie, ›und wenn wir jung sind, machen große Gefühle uns still.‹ Dann fröstelte sie ein wenig, zog den Schal fester um sich, und wir gingen dem Hause zu. Im Wohnzimmer empfing man uns mit neugierigen, gespannten Blicken, die Gräfin jedoch setzte sich zu dem Oberst und begann unbefangen dem alten Herrn den Kopf zu verdrehen. Ich schaute zu Milli hinüber. Sie lächelte ein spöttisches Lächeln, aber ihre Augen erschienen mir größer als sonst, und es war mir, als schimmerten sie feucht. Das arme Kind tat mir leid, und ich fühlte, daß ich trotz der Gräfin doch nur Milli liebte. Später, als die Damen sich zurückgezogen hatten, blieben die Herren noch beisammen und sprachen von Jagd und Weibern. Mir jedoch war, ich weiß nicht warum, so katzenjämmerlich zu Mute, daß ich mich fortstahl, um mich niederzulegen und alles zu vergessen, denn das kann man ja in den Jahren. Um in mein Zimmer zu gelangen, mußte ich eine Treppe hinaufsteigen und einen langen Korridor hinabgehen, an dessen Ende ein großes rundes Fenster sich befand, durch das jetzt hell der Mond hereinschien. Als ich bis zu meiner Tür gekommen war, hörte ich etwas hinter mir rauschen, sah etwas Weißes auf mich zuflattern, zwei Arme umfingen mich, ein süßer Duft von weißem Flieder wehte mir entgegen, ein Mund küßte mich – ich war wie gelähmt, und dann, Sie werden es nicht begreifen, meine Herren, dann zog ich den Arm, der mich umschlang, von meinem Halse fort und sagte, ja, ich sagte das wirklich: ›Gräfin, Sie werden sich erkälten.‹ Einen Augenblick noch stand die weiße Gestalt vor mir, ich sah im Mondlicht das bleiche, im Zorn wunderbar schöne Gesicht, hörte ein kurzes Lachen, dann flatterte die weiße Gestalt wieder davon.

Ich ging in mein Zimmer, setzte mich auf mein Bett

und fühlte mich elend. Ich schämte mich vor mir selber, denn Sie wissen, in jenen Jahren schmerzt nichts empfindlicher als der Gedanke, lächerlich zu sein. In dieser Nacht habe ich wenig geschlafen.

Am Morgen mußte ich früh heraus, denn es war Jagdtag. Die Gesellschaft fand ich bereits im Frühstückszimmer, angeregt von der angenehmen Jagderwartung. Auch die Gräfin war da, denn sie war eine leidenschaftliche Jägerin. Sie sah schön aus in ihrem dunkelgrünen, pelzverbrämten Kostüm, das Pelzbarett auf dem Kopf. Sie schüttelte mir kameradschaftlich die Hand, dann ging es hinaus. In der Nacht hatte es gefroren, und noch jetzt brannte die Luft mir auf den Backen. Das erfrischte mich, meine Wirren und Sorgen begannen der schönen Jagdfeierlichkeit Platz zu machen. Schweigend gingen wir in langem Zuge durch den Wald, um uns die Stände anweisen zu lassen, der meine befand sich unter einer alten Tanne. Ich lehnte mich mit dem Rücken an den mächtigen Stamm, machte mein Gewehr bereit, und nun begann das köstliche Warten. Durch die Bäume hindurch konnte ich auf dem nächsten Stande die Gräfin sehen. Regungslos stand sie da und hielt ihr Gewehr vor sich hin; eine schlanke, grüne Gestalt. Nun erschollen das Waldhorn und die Stimmen der Treiber, da wurde ich ganz Aug und Ohr, ganz Aufmerksamkeit, ganz Raubtier.

Plötzlich erklang ein Schuß, ein Wild konnte ich nicht sehen, aber ein seltsames Geräusch dicht bei mir am Stamm der Tanne machte, daß ich mich schnell umwand. Und wirklich, der ganze Schuß saß in dem Stamm der Tanne, ja ein Rehposten hatte sogar ein

Loch in den Ärmel meiner Jagdjoppe gerissen. Ich starrte darauf hin, ich begriff nicht, und dann – dann verstand ich. Mir wurde ganz heiß, und mein Herz klopfte stärker. War es möglich? Konnte das geschehen – mir geschehen, und ein Gefühl unbändigen Stolzes, ja Hochmuts ergriff mich. So also konnte ich geliebt und gehaßt werden.

Ich spähte zu der Gräfin hinüber, sie stand regungslos da. Das herrliche Weib, ich hätte zu ihr hingehen mögen, um ihr für ihre Tat zu danken, und ich lehnte mich wieder an den Baumstamm und träumte meiner neuen Würde nach, während ein Fuchs unangefochten vor mir über die Linie setzte. Während der Frühstückspause vermied ich es, in die Nähe der Gräfin zu kommen, ich ging sinnend umher und dachte, wenn die anderen wüßten, was mir begegnet ist, sie würden mich anders anschauen, sie, die nur Alltagserlebnisse zu verzeichnen haben. Die Gräfin war sehr umringt. Ich hörte, wie sie sich beklagte, daß sie heute kein Glück habe, worauf unser Oberst sich zu dem einzig galanten Wortspiel seines Lebens, glaube ich, verstieg. ›Wenn man selbst ein Glück ist‹, sagte er, ›dann braucht man nicht erst Glück zu haben.‹

Der übrige Teil der Jagd blieb für mich erfolglos, denn ich war zerstreut und schoß schlecht.

Abends bei der Tafel war ich zur Rechten der Gräfin gesetzt worden. Das freute mich, alle Scheu vor der schönen Frau war in mir gewichen, jetzt fühlte ich mich ihr überlegen, sie tat mir leid, wie mußte sie gelitten haben um mich, und ein wunderbares Geheimnis verband mich jetzt mit ihr.

›Sie sind heute nur einmal zum Schuß gekommen‹, begann ich die Unterhaltung.

›Ja, einmal‹, sagte die Gräfin, und sie sprach nachlässig und zerstreut, wie Damen mit Herren sprechen, die sie langweilen.

›Aber ohne Resultat‹, fuhr ich fort.

Die Gräfin zog die Augenbrauen ein wenig in die Höh' und meinte: ›Darauf kommt es doch nicht an. Ich habe die Erregung des Wartens, des Anlegens, Zielens und Schießens gehabt, das ist mir genug; wenn das arme Wild heil davonkommt, so gönne ich es ihm, für mich ist der Fall erledigt, ich hab' mein Teil gehabt. Oder sind Sie von denen, die stets Resultate sehen müssen?‹ Dabei sah sie mich mit ihren Edelsteinaugen kühl und fremd an.

›Resultate sind allerdings wichtig‹, sagte ich ziemlich verwirrt.

›Resultate‹, erwiderte die Gräfin, ›sind meist uninteressant. Eine Tat beschließen, sie in sich wachsen fühlen, sie wägen, wie ich einen Ball in der Hand wäge, eh' ich ihn werfe, tun – das kann ein Genuß sein, das kann erlösen – aber was daraus wird.‹

Sie zuckte leicht mit den Schultern, wand sich von mir ab, ihrem Herrn zur Linken zu, und fragte ihn, ob er Neapel kenne. Ich aber blieb die Mahlzeit über schweigsam. Das Gefühl der Überlegenheit war fort, nur eines wußte ich, daß ich hier vor etwas stand, an dem ich vergebens herumraten würde. Den nächsten Morgen reiste die Gräfin ab.

So meine Herren, das ist die Geschichte meiner Feuertaufe, und nun wollen wir zu Bette gehn, ich fürchte, ich habe diesen kostbaren Augenblick durch meine Geschichte schon zu lange hinausgeschoben.«

»Seltsam«, sagte der Oberleutnant sinnend, »aber ich habe das stets gewußt, über die Frauen dürfen wir nicht nachdenken, das verwirrt nur, wir müssen sie über uns ergehen lassen wie das Schicksal – und das Schicksal verstehn wir auch nicht.«

NACHWORT

Wer sich mit dem Leben des Grafen Eduard Keyserling befassen will, wird sehr schnell feststellen, daß fast keine Selbstzeugnisse vorhanden sind. Der Nachlaß wurde auf eine testamentarische Verfügung hin nach Keyserlings Tod vernichtet. So müssen die von seinem Neffen Otto von Taube zusammengetragenen Daten nacherzählt werden. Ein Tagebuch der Schwester Henriette gibt zwar Auskunft über die gemeinsam mit Schwester Elise unternommene Italienreise, endet aber am 22. Oktober 1899, und auch die Briefe an die Schwägerin Wanda können nur einige Daten berichtigen.

Der von Keyserling selbst mitgeteilte Lebenslauf ist von lapidarer Kürze: »Ich bin auf meinem väterlichen Gute im Kreise einer zahlreichen Familie aufgewachsen. Nach Beendigung eines Ritterschaftsgymnasiums besuchte ich einige Universitäten, bei denen meiner schwankenden Gesundheit wegen die südlichen wie Wien und Graz den Vorzug hatten. Dort studierte ich Kunstgeschichte und Philosophie. Später folgten allerhand Reisen und dann eine Reihe von Jahren, in denen ich in meiner Heimat die Familiengüter verwaltete. Ende der neunziger Jahre siedelte ich nach München über, wo ich, abgesehen von einem Jahr in Italien, meinen ständigen Wohnsitz nahm. Hier lebte ich meinen Arbeiten, veröffentlichte einige kunsthistorische Aufsätze und nahm 1899 meine literarische Arbeit wieder auf, die ich mit meinen beiden ganz im Zeichen des Naturalismus stehenden Erstlingsromanen abgebrochen hatte.«

Geboren wurde Eduard von Keyserling am 14. Mai 1855 auf dem mütterlichen Gut Schloß Paddern als zehntes von zwölf Geschwistern. Der Gymnasialzeit in Goldingen oder Hasenpot, genau weiß man es nicht, schloß sich in den Jahren 1875 bis 1877 ein Jurastudium in Dorpat an. Keyserling versäumt einen Auftrag für seine Studentenverbindung auszuführen, zu dem er sich ehrenwörtlich verpflichtet hatte, und wird, grausame Folge dieser Lappalie, der Universität verwiesen. Fortan gilt er als das »schwarze Schaf« der Familie und ist bei seinen Standesgenossen nicht mehr gesellschaftsfähig.

1883 erscheint »Fräulein Rosa Herz«, sein erster Roman, worin vermutlich Eindrücke aus seiner Gymnasialzeit dargestellt sind. Sein nächster Roman »Die dritte Stiege«, 1892 erschienen, wäre wohl ohne die Erlebnisse und Erfahrungen aus seiner Wiener Zeit undenkbar. Eine mit Brief vom 23. September 1880 dem Cotta-Verlag angebotene Sammlung von Gedichten, der Verlag lehnte ab, ist verlorengegangen.

Nach dem Tod der Mutter, siedelt er Ende 1885 zusammen mit den Schwestern Henriette und Elise nach München über. Verbürgt sind etliche Reisen nach Stuttgart, Bad Herrenalb, Bad Oeynhausen im Verlauf seiner Verwaltertätigkeit. Die Italienreise begann am 29. März 1899, doch schon vorher hatte Keyserling wohl sein erstes Drama »Ein Frühlingsopfer«, das eigentlich ein wunderschönes lyrisches Gedicht ist, vollendet. Während der Uraufführung am 12. November 1899 befand er sich in Rom und »hat alle Hände voll zu tun, um auf alle Briefe und glückwünschenden Telegramme dankend zu antworten«, wie Henriette der Schwester Magda berichtet.

Dieser große persönliche Erfolg wurde von der Kritik nicht einhellig geteilt. Während ihm Gustav Ziegler »entschieden dichterisches Empfinden« bescheinigt und fortfährt: »Die Vorzüge seines Dramas liegen in der Stimmungsmalerei und in der Milieuschilderung«, meint Alfred Kerr: »Es ist an seinem Stück nichts hervorragend Schlechtes. Und nichts auffallend Gutes.« Das zweite Werk für die Bühne, »Der dumme Hans«, wurde erstmals am 4. Mai 1901 in Berlin aufgeführt. Während der Münchner Uraufführung des »Peter Hawel« am 10. Oktober 1904 wartete Keyserling in der American Bar bei einem Glas Sekt ab, ob er beklatscht oder ausgepfiffen würde.

1903 erschien »Beate und Mareile. Eine Schloßgeschichte«. Es ist das erste jener Werke Eduard von Keyserlings, die bis heute bekannt geblieben sind. Seine letzte dramatische Arbeit »Benignens Erlebnis«, am 8. März 1905 uraufgeführt, ist gleichfalls eine »Schloßgeschichte« und gehört in den Themenkreis, dem Keyserling bis zu seinem letzten großen Werk, dem posthum erschienenen »Feiertagskindern« (1919), treu geblieben ist. Die hier erstmals in Buchform vorliegenden Geschichten sind in eben diesem Milieu beheimatet. Auch die »Kriegsgeschichten«, die einzigen Geschichten im vielfältigen Werk Keyserlings, die sich zeitlich einordnen lassen, sind im Grunde »Schloßgeschichten«.

Von der Italienreise nach München zurückgekehrt, nahm er eine Wohnung in der Ainmillerstr. 19, 3. Stock rechts, so vermeldet es das Münchner Adreßbuch nach dem Einwohnerstand vom 1. November 1900. Vermutlich begann nun, nach den vorausgegangenen entwürdigenden Lebensumständen in Kurland, Keyserlings glücklichste Lebensphase: Nachmittags traf man ihn täglich mit seinem Kreis im Café »Stephanie«, abends entweder in der »Torgelstubn« oder, nach Theaterschluß (er versäumte nie eine Uraufführung), im Hoftheaterrestaurant. Max Halbe, die Brüder Wedekind, Alfred Kubin, Lovis Corinth, Rudolf Kassner gehörten zu diesem Kreis. Als Lovis Corinth sein großes Porträt von Eduard von Keyserling malte, schrieb Korfiz Holm mit seinem »Steckbrief« eine Art literarisches Pendant dazu:

»Die lange, schmale, etwas schlottrige Figur, das kränklich bleiche, faltige Gesicht, die müde Haltung, ließen ihn, der etwa fünfundvierzig zählte, fast als Greis erscheinen. Er war ja damals schon ein kranker Mann; sein Leiden, das sich schlecht verbergen ließ, so sehr er sich auch darum Mühe gab, verstärkte noch den Eindruck der Hinfälligkeit. Wie seine Füße sich unsicher tastend vorwärts schoben, so konnte seine Hand gar oft das Glas, das er so gern zum Munde führte, erst auf den zweiten oder dritten Griff erhaschen, behutsam und mit List, wie einer eine Fliege fängt. Und in den Zügen seines schmalen Kopfes gab es manche Zeichen von Überzüchtung und Degeneration: der Mund, der durch den Bau der oberen Zähne meist offen stand, das Kinn, das in beinah gerader Linie von der Unterlippe gegen den Kehlkopf floh, die vorstehend lebhaften Augen, die ein wenig blöde blicken konnten und ja auch nicht lange Zeit danach erblindeten ... Im ganzen wirkte er, wenn man ihn, ohne ihn zu kennen, flüchtig sah, als ein Mensch von ausgesprochener Häßlichkeit, doch gleichzeitig als Mensch von Stil und, ob er auch auf Kleidung und auf Pflege seines Äußeren wenig hielt, entschieden als Aristokrat. Doch kam man ins Gespräch mit ihm, dann schien es einem sonderbar, wie man ihn jemals hatte häßlich finden können – so sehr belebte und verschönte die ihm eingeborene Liebenswürdigkeit sein von verschwiegenem Leid gezeichnetes Gesicht, und so bezaubernd war der Geist, der hinter jedem Wort funkelte, das er nachlässig fallen ließ.«

Das »verschwiegene Leid« war ein Rückenmarkleiden, das Keyserling zwang, sich an zwei Stöcken fortzubewegen, und 1908 zur Erblindung führte. Schwer trug der sonst so Gesellige, der Lebens- und Menschenhungrige an der nun unausweichbaren Vereinsamung, obwohl er sich darüber nie beklagte. Hinzu kam, daß er nun nie mehr Galerien besuchen konnte, hatte doch Keyserling von Jugend an großes Interesse an der bildenden Kunst (geschaute Gemälde lernte er geradezu auswendig), wofür viele seiner Aufsätze Zeugnis ablegen.

So bevorzugte er, auch nach seiner Erblindung, Gespräche über die laufenden Ausstellungen, ließ sich die Bilder, die er noch nicht kannte, beschreiben, und bei Umhängungen in Museen wollte er wissen, wo die jeweiligen Gemälde jetzt untergebracht waren. Er ließ sich auch die Menschen, ihre Kleidung, ihre Gebärden, die seine Besucher im Theater, auf Künstlerfesten, in eleganten Restaurants gesehen hatten, genau schildern.

Ab 1912 wohnte sein Neffe Otto von Taube in München. Er besuchte Keyserling täglich, las ihm vor, leistete ihm Gesellschaft, die er so sehr entbehrte. Einzig Max Halbe hielt ihm die Treue und später Rudolf Kassner, als er nach München gezogen war. Ebenso Rilke und seine Gönnerin, die Fürstin Marie von Thurn und Taxis (sie hatte den Novellenband »Schwüle Tage« ins Französische übersetzt), gehörten zu den Besuchern. 1915 starb auch seine Schwester Elise. Nachdem sein als Krankenpfleger ausgebildeter Diener Joseph zum Militär eingezogen worden war, übernahmen Keyserlings Schwester Hedwig und die Baronin Maria Sacken die Pflege des Kranken.

Am 28. September 1918 starb Eduard Heinrich Nikolaus Graf Keyserling, der Troubadour des kurländischen Adels, dessen Untergang durch die russische Revolution er nicht mehr erleben mußte.

Klaus Gräbner